せんせーのおよめさんになりたいおんなのこは

SENSEI NO OYOME-SAN NI NARITAI ONNA NOKO WA MINNA 16SAI DAYO?

みへんな16さいだよっ?

さくらいたろう TARO SAKURAI [イラスト]もきゅ

CHARACTERS
鳴海ルナ
[なるみるな]

辻葛葉
[つじくずは]
水無瀬みるく
[みなせみるく]
入江梨恵
[いりえりえ]

どうか、
教えてください。
先生のこと。
六浦利孝
[ろくうらりこう]

一之瀬苺
[いちのせいちご]
うえ!?
ろ、六浦、先生のことを
知りたいのか……?
第六話「『合法ロリ』を教えてください!」より

お兄ちゃん、誰が一番かわいい?
みるく

第七話「小学生とプール遊び」より

SENSEI NO OYOME-SAN NI NARITAI ONNA-NOKO WA MINNA 16SAI DAYO?

CONTENTS

せんせーのおよめさんに なりたいおんなのこは みーんな16さいだよっ?

さくらいたろう

MF文庫J

口絵・本文イラスト●もきゅ

お日様とミルクが入り混じったような甘い匂いがした。

触れる肌は柔らかくて、ほのかな熱を感じた。

向けられた愛らしい笑顔はとてもまぶしくて、視覚を困惑させていた。

俺は今――幼女で満たされている。

「ちょ、ちょっと……みんな、落ち着いてっ」

四方を幼女に囲まれていた。しかも拘束のつもりなのか抱きつかれてもいた。

体勢的にまずいので、この状況からの脱出を試みる。

「くっ……!?」

しかし、少し動くだけで彼女たちのどこを触るか分からないので動けなかった。我ながら情けないが六年生女児に追い詰められていたのだ。

俺は今、四人の幼女から『求婚』されている。何を言ってるか分からないと思うし、なんなら俺もよく分かってない。

混乱していた。少しでいいから落ち着かせてほしかった。

「ま、まずは話し合った方がいいと思うんだ」

だがそんな俺の言葉は無視されて、彼女たちは愛を囁いた。

「お兄ちゃんっ。わたしをお嫁さんにしてもいいんだよ？」

後ろから抱きついている水無瀬みるくちゃんが、弾んだ声でプロポーズする。湿った吐息と無邪気な声が耳元をくすぐっていた。

「りっくん？　私が幸せにしてあげるわ……旦那様になってほしいの」

今度は俺の右腕に抱きついている入江梨恵ちゃんが、柔らかい笑顔でプロポーズする。細くて小さな指は、俺の右手と恋人繋ぎをしていた。

「のう、利孝はわしと結婚するのじゃぞ」

左手に抱きついている辻葛葉ちゃんが、おすまし顔でプロポーズする。彼女の胸元が押し付けられた左手からは、小さな鼓動を感じた。

「ルナね……せんせぇのこと、だいすきっ」

正面から馬乗りで抱きついている鳴海ルナちゃんが、無垢な言葉でプロポーズする。誰よりも密着した彼女の体からは、高めの体温が伝わってきた。

「――っ」

冷や汗が流れる。

別にプロポーズされたことが嫌なわけではなかった。

ただ、彼女たちは『幼女』なのだ。倫理的に考えて幼女と結婚できるわけがないし、するつもりもなかった。

だけど、

「誰だ……誰が、俺と同い年なんだっ」

この中に一人、合法ロリがいる。

幼女の皮をかぶった十六歳の少女が紛れているはずなのだ。

俺――六浦利孝は、女子小学生と結婚するつもりなどない。でも、とある事情で、この中に紛れている合法ロリの子と結婚しなければならなかった。

つまり、見た目幼女の四人の中から、合法ロリを見つけ出す必要があるというわけだ。

「はーい！　わたしがお兄ちゃんと同い年だもんっ」

「りっくん。私を信じてくれないのかしら」

「くくっ。わしが幼女なわけないじゃろうに」

「んー……ルナね、たぶん大人だよ？」

しかし、三人の本物幼女が嘘をついているせいで、本来なら一人しかいないはずの合法ロリが四人になっていた。

俺にはまったく分からない。誰が嘘をついているのか、誰が本当のことを言っているのか判断できなかった。

みんな、見た目は愛くるしい女子小学生にしか見えないのである。

「いったい誰が合法ロリなんだ……っ！」

期限は一週間。

たった一週間で、俺は四人の中から同い年である許嫁を見つけ出さなければならない。

そうしなければ、『教師になる』という俺の夢が叶えられなくなるのだから――。

時間は少し遡る。まだ幼女たちに抱きつかれる前のことだ。

俺は育ての親である徳田院大五郎に呼ばれて学園長室に来ていた。

「利孝よ。貴様ももう高等部二年生か……月日が経つのは早いものだ」

窓の外を眺めながら、感慨深そうにじいさんがぼやく。

御年七十。髪の毛も髭も真っ白だが、覇気だけはいつまでも衰えない人だ。

じいさんは俺の通う徳田院学園の長にして、名家である徳田院家を束ねる当主である。

対面するだけで圧迫感があった。

「ええ。まぁ、どうにか大きくなりましたけど」

「そっけないな。相変わらず儂に対しては冷たい奴だ。もう少し愛想良くできんのか？」

小うるさいのも昔から変わらない。俺を茶化すように笑っていた。

「じいさんがくたばったら笑顔になりますよ」

視線を逸らしながら言葉を返す。そっけない自覚こそあるが修正するつもりはなかった。

じいさんは俺の恩人である。今からおよそ三年前、俺は中学二年生の頃に両親を亡くした。この人は身寄りのなかった俺を引き取ってくれた育ての親だ。

だから感謝はしていた。でも、じいさんは俺が好きなタイプの人間ではないので、あまり友好的に接するのに抵抗があった。

「で、何の用ですか？」

「ほう？　世間話がしたかったから呼んだだけで、別に用事はないと言ったら？」

「あなたは無駄なことをしないでしょう」

そう口にしたら、その通りだと言わんばかりにじいさんは笑う。

「フハハハハ！　そうだな……儂(わし)は無駄なことをしない。無駄は不利益だからな。貴様を呼んだことにも、きちんと理由がある」

そして、じいさんの利になる話があるのだろう。数年ほど同じ屋根の下で暮らしたのだから、それくらい分かる。

「貴様は今、高等部二年の十六歳だったな？　今年の誕生日を迎えたら十七歳……来年、高等部三年生になれば見事十八歳となる。つまり、あと一年ちょっとで大人になるというわけだ」

「……ええ、その通りですけど」

「勉学にも励んでいるようだな。高等部の教員からも貴様の良い評判は聞いている……親として鼻が高いというものだ。中学までは野球にうつつを抜かしておったが、学業にしっかりと身を入れているようで何よりである」

「はぁ……そうですか」

突拍子のない言葉は、悪いことが起きる前触れのような気がした。

「それで、どうしたんですか？」

「大したことではない。少し話があるだけだ」

その悪い予感は残念なことに的中することになる。

「そろそろ、貴様を我が徳田院（とくだいん）家の次期当主にするかどうか決めようと思ってな」

「…………は？」

思いもよらない言葉に俺は呆然（ぼうぜん）とした。

「次期当主って……じいさんの家を継げってことですか？」

徳田院家。

この家は代々、優秀な教師を輩出することで有名な一族である。弁護士の家系、医師の家系と同じように、じいさんの家は教師の家系なのだ。

徳田院家はとても大きな一族である。

国内でも随一と言われる教師育成学校を運営している上に、各地の教育現場に点在する徳田院の者は、誰もがそこで大きな功績を残すのだ。

徳田院の教師によって鍛えられた子供たちは、成長すると決まって各分野において秀でた存在となる。

政治家、弁護士、医者、プロスポーツ選手、学者、宇宙飛行士、大物タレント、自衛官、作家、芸術家、などなど。著名な有名人の中に徳田院の教え子はとても多いのだ。

こうしてあまりにも素晴らしい成績を残している徳田院家は、国からも信頼されて大きな権威と立場を手に入れていた。

そんな、徳田院の名を背負う現当主こそ、俺の目の前で意地の悪い笑顔を浮かべる徳田院大五郎である。

「その通りだ、三年も不自由なく育ててやったのだから、恩を返しても良いだろう？」

俺にとってじいさんは『養育里親』にあたる。戸籍上は親子じゃないが、一緒に暮らしたりと形式的に親子という関係だ。

でも、俺はこの人が親だなんて一度たりとも思ったことはない。自分の利益を何よりも優先する利己的な人だからだ。

俺を引き取ったのも、こうして利用するためだったからだろう。

「……嫌ですよ。俺には荷が重いです」

「大丈夫だ。次期当主に決定したわけではない。徳田院のしきたりで、当主になるためには試練を達成しなければならないのだ」

じいさんは俺の意思を無視して説明を続ける。

「つまり、今から貴様には儂が用意した試練を受けてもらう。それを達成できたら当主にしてやるということだな」

「大丈夫じゃないです。荷が重いというより、単純に嫌ってことです」

育ててくれた恩はいつか返そうと思うが、後継になるのは嫌だった。

「俺には『立派な教師になる』という夢があります。徳田院の当主になって、じいさんみたいになるのは立派とは思えないので、お断りします」

幼少期からの夢だ。亡き俺の両親も教育者で、その背中に憧れていたのである。

二人は立派な人だった。俺もあんな風になることを夢見ている。

「はっきりと言うものだ。残念である」

俺の拒絶にじいさんはあっさりと頷いた。思っていたのとは違う反応である。

何か企んでいるようにしか見えない……。

「実に残念だ。試練の一環として許嫁も用意していたというのに、もったいない」

ほら、予想通りじいさんは何か言い始めた。

「許嫁？　結婚させるつもりだったんですか？」

「徳田院のしきたりでな。当主になる者には人生のパートナーが必要なのだ」

名家徳田院は古くからの一族でもある。厳守するべき『しきたり』、あるいは『家訓』

がたくさんあるらしい。

「十八歳になれば結婚できる年になる。もし貴様が試練を無事達成したら、来年あたりにその許嫁（いいなずけ）と婚約させようと考えていた」

と、ここで俺はじいさんを睨（にら）んだ。聞き捨てならないことが聞こえたからだ。

「ちなみに……その許嫁は、誰ですか？」

「儂（わし）の娘だ」

「――っ。俺の試練のために、自分の娘を利用するってことですか」

じいさんは『許嫁と婚約させようと考えていた』と言った。

そこにはじいさん以外、誰の意思も介入してない。俺の意思も……そして、じいさんの娘の意思も、である。

「うむ。血の繋（つな）がっていない養子だが、貴様とは違って戸籍上の縁も結んでいる。今まで手塩にかけて育てたのだ……利用して何が悪い」

外道め。こんな人が教育者だなんて信じたくない。ましてや、教育界を代表する一族の長だなんて……立派な教師を志す者として、それは許せなかった。

「せっかくだ。実はもうここに呼び寄せているのだ……貴様が試練を受けるかどうかは分からんが、とりあえず顔合わせでもしよう」

じいさんは飄々（ひょうひょう）と笑って俺の怒りを無視する。

「入れ」

こちらの言葉も待たずして、呼び寄せていたらしい許嫁の子を学園長室に招き入れた。

そして俺は、目を見張ることになる。

「そんな……何かの間違いでしょう？」

目の前の光景が信じられなかった。

「この子たちは、幼い女の子です！」

そう。部屋に入ってきたのは小学生くらいの児童だった。

「しかも、どうして四人いるんですか！」

更に不可解なことは、許嫁であるはずの子が四人いることである。

複数と結婚することは不可能だ。許嫁というからには、それは一人のはずなのに。

「そう怒鳴るな。きちんと説明してやる」

じいさんは入室した四人の幼女を手招きする。彼女たちは何も言わずにじいさんへ近寄っていた。

利用されるかもしれないのに、危機感はないように見える。

「この子たちは、正確に言うと貴様の許嫁『候補』だ」

歩み寄ってきた彼女たちを撫でながら、じいさんは試練について説明を始める。

「貴様にはこれより、この場にいる子たちの中から許嫁を一人選んでもらう」

「いえ、それはできません……いくらなんでも幼すぎますよ」

「そうだな。この子たちは小学校六年生で、本来なら結婚できる年齢ではない」

だが、とじいさんは面白がるようにニヤリと笑う。

「とはいえ、実はこの中に貴様が結婚できる相手がいるのだ」

そして俺に、こう告げる。


「ここに一人、合法ロリがいる」


最初、何を言われているのか理解できなかった。

ありえない……どこからどう見ても幼く見えるこの子たちの中に、合法ロリがいると？

合法ロリとは、幼い見た目に反して年齢が上だということを意味する。

「貴様と同い年の女の子が交じっている。見た目こそ幼いが、彼女は十六歳だぞ？　つまり、結婚できる年齢だな」

「どうして、そんなややこしいことを……」

「これこそが『試練』だからだ。代々、徳田院の後継者は試練を受けるしきたりがあると言っただろう？　今回は貴様の力を測る意味も含めて、このような試練を用意してみたのだ」

徳田院の後継者試練とは、

「つまり、『合法ロリを見つけ出して、その子を許嫁にする』ということですか？」

「うむ、その通りだ。この場に紛れている合法ロリを探すことが『試練』である」

じいさんの言葉に、幼女たちは何も言わない。ただ、こちらをジッと見ていた。

たぶん何かしら話はしてあるのだろう。

じいさんの言いつけ通り、彼女たちは俺の許嫁候補になることを受け入れているようだ。

「意味が分かりません」

しかし俺には受け入れにくい。そもそも、こんなことをする意味が分からなかった。

じいさんはそのあたりも補足する。

「徳田院の家訓に『教え子の真の姿を理解せよ』というものがある」

「真の姿……？」

「見た目に惑わされずに相手の本質を見抜くこと。徳田院の当主になるのであれば、人を見抜く力は必須だ。また、家訓を実行できる力なくして当主は務まらないだろう」

試練を通して、俺に家訓を実行できる力があるか判断するとじいさんは言った。

「能力的な面で、貴様は後継者として相応しい力を持っている。試練を突破して、かつ力を示してもらえれば、儂は喜んで徳田院の家督を貴様に譲ろう」

俺に質問の間も与えない。

じいさんは一方的に言葉をまくしたてて、俺の余裕を奪っていく。

「とはいえ、試練を受けるも受けないも貴様の自由だ……が、その場合、仕方ないからこの許嫁候補たちは次の機会に利用するとしよう」

「っ……！」

俺が試練を断ったところで、この子たちはじいさんに利用されてしまう。

「嘆かわしいことだな……儂のような人間が当主であるばかりに、この子たちは利用されるだろう」

じわじわと俺の退路が断たれていた。

「たとえば、儂ではない誰かが徳田院の当主になれば……あるいは、儂の横暴も止められるだろうな。誰かが、当主になりさえすれば」

ここまで聞いて、俺はじいさんのペースに飲まれていることに気付いた。

俺が試練を渋るのも想定済みだったのか。だから、あえて俺に返事をさせる前に許嫁候補である幼女たちを見せつけた。

人よりも正義感の強い俺が、彼女たちを見捨てることができないと分かっていたのだ。

「『立派な教師』を目指す者として、貴様はどうするべきなのだろうな」

ほら、だから俺はこの人が嫌いなのだ。自分のために平気で他者を巻き込んで利用する。

返事など、最初から一つしかなかったのだろう。

「……受けます」

「ん？　声が小さいが、何と言ったのだ？」

「試練を、受けると言ったんです」

まっすぐ睨みつけて言葉を吐き捨てる。

「これでいいんでしょう？」

そう言うと、じいさんは満足そうにニヤニヤと笑うのだった。

「良かろう。せいぜい励め」

握手のつもりなのか、じいさんは手を差し出してくる。

「…………ふん」

乱雑に払ったのはせめてもの反抗心だった。

「ああ、そういえば言い忘れていたことがあったな」

そして始まるのは、じいさん得意の後出しだ。

「試練に失敗した場合、貴様を教育界から追放する。徳田院のあらゆる力をもって、この業界から排除する。つまり貴様は、教師になれなくなる」

言われて、俺はまたしても驚愕した。

なんて最悪な人間なんだと心の底から思った。

「俺の夢を、阻むと？」

「ああ。試練に失敗した場合、貴様は本物の幼女を許嫁に選んだことになるだろう？　それを理由に教育者として相応しくないと烙印を押す。噂に尾ひれを付けて吹聴し、徹底的に叩き潰す。儂の伝手を使って、貴様が教師になることを防ぐ」

　はめられたと、そう理解したところで全て遅かった。じいさんは最初からそのつもりだったのだ。この人なら本当に俺が教師になることを邪魔する。

　徳田院とは教育界を牛耳る大きな一族だから、これくらいできて当然だ。

「貴様は優秀すぎるのだ。当主に相応しければ喜んで儂の後釜を任せられるほどにな。ただ、当主に相応しくない場合、儂の手に負えない貴様は部下にすることもできない」

「だから、排除すると？」

「もともと貴様は儂に反目しているだろう？　部下にするにしても、後で変に力をつけて内部からかき乱されては困る」

「言いがかりにもほどがある……」

「それくらい儂は貴様の力を評価しているのだ」

　意地の悪い笑みは崩れない。拒絶したいが、今の俺にはどうしようもなかった。

　俺が未熟な今こそ、じいさんにとって最高のタイミングだったのだろう。

　つまり俺は、合法ロリを見つけられなかった場合――『教師になる』という夢を諦めなければならないのだ。

「分かりました。試練を達成して、あなたを蹴落としてやりますよ」

覚悟を決めてじいさんを睨む。

「俺が是正する。当主になって、教育界を正しい方向に引っ張ってみせる」

「それは楽しみだ。儂も年だからな、そろそろ隠居させてほしいものだ。せいぜい足掻け……期限は、そうだな。一週間くらいか？　そのくらいが貴様にとってもいいだろう。来週のこの時間、正午に試練の答えを聞かせろ」

性格の悪いじいさんは、ここでまたしても握手を求めてきた。

今度はその手を強く握りしめてやった。

「では、これで」

それからすぐに学園長室を離れることにする。もうじいさんの顔を見たくなかった。

「うむ。この後は四人が親睦会の用意をしているから、付き合ってやれ。がんばるのだぞ、我が息子よ」

息子、とはまたいやみったらしい……最後まで腹立たしい人だ。

もうこれ以上は何も言わずに、俺は学園長室から出て行った。

さて、この後は――幼女たちとの親睦会である。

許嫁候補の子供たちに案内されたのは、徳田院学園初等部六年一組の教室だった。ここでじいさんの言っていた親睦会とやらをやるようだ。

「おお……事前に用意してくれてたんだ」

教室に入ると、黒板に書かれた『ようこそ！』の文字が目に入る。かわいらしく一文字一文字色分けされていた。黒板の周囲には飾りつけもある。

みんなで準備したのだろうか。そう考えると気持ちがほっこりした。じいさんのせいで荒んでいた心が癒されたような気がする。

「えへへっ。これね、わたしが書いたんだよ？　かわいいでしょ！」

と、ここで声を上げたのは黒髪ツインテールの女の子である。無邪気な笑顔が愛らしい許嫁候補の一人だ。

「……えっと、自己紹介とかしてくれると嬉しいんだけど」

どう呼び掛けていいか分からないので早めにそうお願いしておく。面識がないと思うので名前を知らないのだ。

「あ、そっか。そうだね……自己紹介、やらないとダメだよねっ」

俺のお願いに、さっき話しかけてくれた彼女がハキハキとした声を上げた。

「はーい！　わたしは水無瀬みるくです！　これからたくさん遊ぼうね、お兄ちゃんっ」

ツインテールが元気よく跳ねる。アイドルが着ている制服のようなファッションは無垢な容姿によく似合っていた。

今度は隣の子に視線を移すと、彼女は頷いて自己紹介をしてくれた。

「私は入江梨恵よ。何かあったら頼ってね、りっくん」

みるくちゃんとはまた違った柔らかい笑顔が浮かぶ。こちらはショートカットと髪の毛は短めだ。肌は日焼けしており、純白のワンピースがとても映えている。

雰囲気は他の女の子より落ち着いているように感じた。

「次はわしか……辻葛葉じゃ。よろしく頼むぞ、利孝」

続いて、少し億劫そうに名乗ったのはしゃべり方がお年寄りみたいな女の子である。

艶のある長い髪の毛はとても綺麗だが、着ているよれよれの衣服がとても残念だった。サイズがとても大きく、しかも『働きたくない』という文字がプリントされている。

そして、何よりも気になるのは、手に持っている抱き枕だ。

「そ、その枕は何？」

実は学園長室にいた時からずっと気になっていた。異質の存在感がある。

「この子か？　この子はな、吸血鬼のカミラたん！　千年を生きる闇の眷属じゃ……かわいいじゃろう？　わしのお嫁さんじゃ」

さっきまでのやる気がなさそうな態度はどこかに消えて、抱き枕のことになると途端に饒舌になる葛葉ちゃん。

「そ、そっか。うん、かわいいと思う」

「じゃろう！　利孝(りこう)はやっぱり話が分かるやつじゃっ」

とりあえずかわいいのは本当なので頷(うなず)けば、葛葉(くずは)ちゃんは嬉(うれ)しそうに笑った。

満足そうにしているので、次の子に自己紹介してもらうことに。

「んー……あのね、ルナはね、鳴海(なるみ)ルナっていうんだよ？」

間延びした声の女の子が、俺を見ながらふにゃりと笑う。彼女は胸元にうさぎのぬいぐるみを抱いているのだが、葛葉ちゃんが衝撃的だったのでこちらは普通に見えた。

衣服はフリフリの多い、ゴスロリだっけ？　ああいうのを着ており、更に髪の毛が銀色なので人形みたいである。

「せんせぇ？　ルナのこと……よろしくおねがいします」

そう言ってぺこりと頭を下げるルナちゃん。のんびりしているというか、油断すると誰かに連れ去られそうだと思った。

さてさて、これで四人の自己紹介は終わったわけだ。

水無瀬(みなせ)みるくちゃん、入江梨恵(いりえりえ)ちゃん、辻(つじ)葛葉ちゃん、鳴海ルナちゃん。

全員の名前はしっかりと覚えたので、最後に俺の方も自己紹介を行おうとした。

「えっと、俺の名前は——」

「知ってるわ」

だが、言葉は途中で遮られることになる。

「自己紹介はいいの。りっくんの名前も、性格も、人柄も、ここにいるみんな知ってるわ」

梨恵ちゃんは微笑みながらそんなことを言った。

どういうことなんだろう……？

他のみんなの様子を確認してみても、梨恵ちゃんの言葉に同意するように頷いている。

「え？　どうして……」

いったいどこで俺のことを知ったのか。

問いかけると、葛葉ちゃんが苦笑がちに教えてくれた。

「利孝は覚えてないと思うが、前に会ったことがあるのじゃ……利孝が記憶を失った頃の話じゃな」

「っ……」

その時、俺は息を飲みこんでしまった。

初対面だと思ってたけど……彼女たちは前から俺のことを知っていたのである。

「そうだったんだ」

なんとかそれだけを言うのが精一杯だった。

今から三年前……中学二年生の頃に、俺は交通事故で両親を亡くした。父の運転していた車が事故に巻き込まれたと聞いている。車には俺と母も乗っていた。事故で両親は命を落としたが、俺だけは運よく生きていたらしい。

だが、後遺症で右腕の怪我と、それから一部の記憶を欠如してしまったのだ。

事故から遡って三年程の期間を俺は思い出せない。具体的には小学校六年生くらいから中学校二年生の終わりあたりまでの記憶がなくなったのである。

じいさんが俺を引き取ったのはちょうどその頃だ。

「俺、みんなのこと知ってるはずなんだ」

必死に思い出そうとしてもやはり分からない。

当時学んだ知識はある。でも、事故のせいで体験したエピソードが思い出せなくなっていた。このような症状を『エピソード記憶障害』と言うらしい。

事故のせいで俺は彼女たちのことを忘れている。そのことがとても悲しく、そして申し訳なかった。

「ごめん……何も、思い出せなくて」

そういえば彼女たちは俺に親しげな態度をとっていた。俺への呼び方だって、改めて考えてみると初対面のものではない。俺とこの子たちの間には、きっと何かしらの思い出があるはずなのだ。

忘れている俺よりも、忘れられている彼女たちの方がショックだと思う。

謝って済む問題でもないが、それでも俺は胸が痛くて謝ったのだ。

そんな俺に、

「んっ。せんせぇのこと……ゆるします」

いつの間にか近づいていたルナちゃんが、俺の服を握りながらふにゃりと笑った。

「ルナちゃん……」

笑顔に、強張っていた体の緊張が解けていた。心が軽くなった気がする。

「はーい！　もちろんわたしも許してあげるっ」

みるくちゃんも。

「私もよ。だから、悲しい顔しないで？」

梨恵ちゃんも。

「阿呆が。利孝のせいではないのじゃ」

葛葉ちゃんも。

四人とも笑って俺を許してくれた。

「みんな……ありがとう」

なんていい子たちなんだろう。心からそう感じた。

だからこそ、より強く――彼女たちを救いたいと思った。

「みんなのこと、もう裏切らないようにする。じいさんのせいで、俺の許嫁になんかなってるけど、絶対助けるよ。みんなのことを自由する」

四人はじいさんの娘として利用されている状況だ。試練のためだけに、彼女たちが許嫁にされるなんて許されていいわけがない。

俺が当主になったらすぐにこの子たちを解放する。心優しい彼女たちには、じいさんに縛られない自由な人生を歩んでほしかった。

「許嫁のこと、気にしないで大丈夫だよ。好きでもない俺のことは無視していいから」

強引に許嫁にされたのだ。みんなが俺と結婚したがっているはずがないと、当たり前のようにそう考えた。

「むぅ……お兄ちゃん、ちょっとそこに座って」

許嫁のことは気にしなくていい。そのことをもちろん四人は喜んでくれると思っていたのだが……予想に反して、みるくちゃんが不満そうに唇を尖らせていた。

「え？　いや、でも……」

「いいから、座って」

彼女が指で示しているのは一つの椅子だ。突然の言葉に首を傾げるが、みるくちゃんは有無を言わせずに押してくる。

「わ、分かった……」

仕方なく腰を下ろすと、思ったより椅子のサイズが小さくて驚いた。

しかし、直後——別の意味で俺はもっと驚くことになる。

「えいっ」

不意に、背後から抱きつかれた。

弾んだ声は水無瀬みるくちゃんのものに他ならなかった。

「っ⁉」

唐突な抱擁に目を見張る。スキンシップにしてはあまりにも密着していた。

「お兄ちゃん……わたしは、許嫁候補になれてとっても嬉しいんだよ？　嫌々なったわけじゃないもん。許嫁のこと、無視したらダメだからね？」

耳元で紡がれるこそばゆい声。

ど、どういうことだ……？

つまりみるくちゃんは許嫁が嫌ではないということなのだろうか。

「私もよ。りっくんの隣にいたいの……許嫁候補として、そばにいさせて」

と、今度は右手を梨恵ちゃんが握った。

口調は淡々としているが、俺の右手と恋人繋ぎしているあたり行動が情熱的だと思う。

「利孝……もう離れるのは嫌じゃからな」

左手側は葛葉ちゃんが。

抱き枕を反対の手に持ちつつ、彼女はしがみつくように左手を抱きしめていた。

「んー……ルナ、こっち？」

最後はルナちゃんが、こともあろうに俺の膝によじのぼってくる。

そのまま正面から抱きついて胸元をすりすりし始めた。恥ずかしくなるのだが、手が封じられているのでどうしようもない。

前後左右を幼女に囲まれてしまったのだ。

「ちょ、ちょっと待って……!?」

しどろもどろになりながらも、どうにか言葉を口にする。

「みんなは本当に、俺と結婚することになってもいいのっ？」

その言葉を皮切りに、俺は幼女たちからプロポーズされるのだ——。


ここで話が冒頭に戻る。


「お兄ちゃんっ。わたしをお嫁さんにしてもいいんだよ？」

「りっくん？　私が幸せにしてあげるわ……旦那様になってほしいの」

「のう、利孝(りこう)はわしと結婚するのじゃぞ」

「ルナね……せんせぇのことだいすきだよっ」

次々と囁(ささや)かれるむずがゆいセリフに俺は動揺してしまう。

見た目は小さな女の子だ。常識的に考えて結婚なんてできるわけがない。でも、この中には、一人だけ俺と結婚できる者がいるとじいさんは言っていた。

試練を達成するためには、その子をお嫁さんにする必要がある。

「いったい誰が合法ロリなんだ……っ！」

天を仰いで唸る。

「……これだと、まずいかも」

実を言うと、試練について俺には考えがあった。

学園長室でじいさんは『合法ロリを見つけ出せ』と言っていた。

つまり、とにかく合法ロリが見つかれば試練は突破できるのだ。そのために俺は彼女たちに協力してもらおうと思っていたのである。

「本当は、合法ロリの子に名乗りあげてもらいたかったのに」

前提として、この子たちがじいさんに許嫁を強制されていると思い込んでいた。本心としては許嫁になることを望んでいないとばかり決めつけていたのである。

協力を提案すれば喜んで乗ってくれると思っていたのに。

「……合法ロリの子には一時的に俺の許嫁になってもらって、じいさんの試練を突破。晴れて次期当主になった俺がじいさんを隠居に追いやって徳田院の実権を握り、許嫁になってくれた合法ロリの子と他の三人を解放する——って筋書きだったんだけど」

これなら四人とも自由にできる。意にそぐわない婚約を解消することが可能だ。

実はこんなことを考えていたから、試練を安請け合いした部分があった。

「ダメ元で聞いてみるけど……合法ロリの子、名乗りあげてくれない？」

「わたし！」

「私よ」

「わしじゃな」

「ルナだよー？」

だが、彼女たちは協力してくれる気はまったくないようだった。

この子たちは心から俺と結婚したがっているのかもしれない……気持ちは嬉(うれ)しいけど、やっぱり幼い子と結婚するつもりはなかった。

そんな俺の気持ちを彼女たちは察しているのだろう。本物の小学生だとばれては俺と結婚できないから、嘘(うそ)をついているのだと思った。

三人の本物ロリが自身を合法ロリと偽っているせいで、一人だけしかいないはずの合法ロリが四人になってしまっているのだ。

彼女たちの協力は得られない。もはや自分で見つけるしかなくなったわけだ。

でなければ、俺は……教師になることができなくなる。試練を失敗したらじいさんによって潰されることになるだろう。

立派な教師になりたいと、幼い頃から目指していたのだ。不本意だが仕方ない。じいさんの言う通りにしてやろう。

「四人の中から、絶対に合法ロリを見つけ出してやる」

そして『立派な教師になる』という夢を叶えてやると、そう決意するのだった。

これより、試練が始まる――。

第二話　観察その一『鳴海ルナちゃん』

試練が開始した翌日、俺は朝早くから徳田院学園の初等部を訪れていた。

ここはとある先生の教員室。

「おはようございます、一之瀬先生。これからよろしくお願いします」

頭を下げる先には初等部の教師がいた。

「うむ。先生の方もよろしくだぞ、六浦」

俺の言葉に彼女——一之瀬苺先生もまた頭を下げる。この教員室の主だ。

「…………」

その姿を思わず凝視してしまった。

赤色のジャージとぼさぼさの髪の毛は地味な印象を与えるかもしれないが、しかし先生は周囲の誰よりも目立つ。

何せ、この人の外見は幼い。二十八歳とは思えない幼さが醸し出されているのだ。

いわゆる『合法ロリ』である。

「ん？　先生の顔に何かついてるのか？」

「いえ……今日もかわいいですね」

「はにゃ⁉　か、からかうな！　先生は大人なので別にそんなこと言われても嬉しくないからなっ。本当だからにゃっ」

褒めると先生は嬉しそうに頬を緩める。あまりに喜んだのか少しかんでいた。

「と、とにかく！」

照れを隠すように咳払いしながら、先生は話題を元に戻す。

「これから一年程、先生が担任している六年一組で実習についてもらうのだ。しっかり励むのだぞっ」

「はい、勉強させていただきます」

そう。高等部二年生である俺がどうして初等部に来ているかというと、これから実習を行うからである。

徳田院学園は教育者を育成する教育機関だ。実習など立派な教育者になるためのカリキュラムが組まれていた。

高等部では、二学年目にどこかしらの教育機関で実習を行う。俺は初等部で実習をさせてもらうことになっていた。

一之瀬先生が担任する六年一組でお世話になる。期間は初等部の卒業式まで。現在が四月の中旬なので、一年くらいここでお世話になるのだ。

とはいっても、実習で最初の方こそ初等部に毎日通うが、途中からは高等部に通いながら初等部と往復することになるので、ずっとここにいるわけではない。

本来ならこの一年は実習生として貴重な時間になるはずだったのに……試練があるせいで少し気が散っているところが残念だった。

そういえば試練を失敗した場合は教師になれなくなるわけだが、実習とかはどうなるのだろう……いや、失敗した時のことは考えるな。

しっかりと合法ロリを見つければいいだけの話だ。まぁ、それが難しいのだけど。

一体合法ロリは誰なんだろうか。

「うーん……」

「どうした？　六浦（ろくうら）……何か難しそうな顔をしているぞ？」

唸（うな）る俺を見てなのか先生は心配そうな表情を浮かべた。

「もしかして悩みでもあるのか？　先生で良ければ力になるぞっ。異性関係の問題じゃなければ大丈夫だ！　お金もある、大人だから！」

「いや、お金の相談には乗らないでください」

ところどころ危うさはあるが、この人は親身になってくれる優しい先生だ。

一之瀬（いちのせ）苺（いちご）先生は俺の理想に近い『立派な教師』である。

あと、昔から『餅は餅屋』『蛇の道は蛇』と言われているわけで……つまり、合法ロリのことは合法ロリが一番よく知っていることになる。

「実は――」

だから俺は、事情を話して合法ロリの先生に協力をお願いした。

「ほえー……試練だとっ⁉　しかも許嫁（いいなずけ）かぁ……徳田院（とくだいん）って大きな家だし、そういうのもあるんだな！　先生はびっくりだぞ」

俺の話に一之瀬先生は大きく頷（うなず）いている。

「入江梨恵（いりえりえ）、辻葛葉（つじくずは）、鳴海（なるみ）ルナ、水無瀬（みなせ）みるく……四人とも今年度に転入してきた子たちだな。先生から見ても、彼女たちが合法ロリかどうか分からないなぁ」

おっと。ここで重要な情報だ。どうやら四人は今年転入してきたらしい。

もし彼女たちが以前からこの学校の児童だったたなら、本物ロリと合法ロリの在籍していた学年に矛盾があったかもしれない。それを先生が把握していたら合法ロリ探しはすぐに終わっただろう。しかしそれはできないようだった。

試練は難しくなりそうである……見た目ではまったく判別できないので、こうなると本当に合法ロリがいるのかさえ疑わしくなってくる。

だが、目の前の人物が俺の疑いを一蹴していた。

一之瀬苺先生という実在の合法ロリがいるのだ。

この人の外見も小学生にしか見えない。同様に幼女にしか見えない四人の中にも、合法ロリが交じっていておかしくはない。

「でも、先生に出来ることなら力になるぞ！　何でも協力する！」

先生は快く協力を引き受けてくれた。本当に優しい人である。

「ありがとうございます」

「むふっ。先生は頼りにされると嬉しいのだ」

ニマニマと笑いながら先生は俺のおしりをパシパシと叩く。

「六浦は覚えてないかもしれないけどな、お前が六年生の頃に先生は担任だったのだ」

「……その話は前に聞きました」

「別にいいだろ？　先生に先生らしいことを言わせろっ」

実は俺と先生は初対面ではない。俺が小学六年生の時に、一之瀬先生が担任だったらしいのだ。徳田院とは別の学校で、一之瀬先生が臨時教員だった頃の話だとか……このあたりの記憶はないので、残念ながら覚えていなかった。

だが、先生は事故が起きてから病室によく顔を出してくれた。その時に色々と話をしてこの人は尊敬できる人だと認識したのである。

「記憶はなくなっても、先生は永遠に六浦の先生だ。何か困ったらいつでも相談していいし、頼っていいからな？」

　頼もしい言葉を先生は言ってくれる。こういうところが尊敬できるのだ。

　この人はきっと教え子が何歳になっても先生のままでいてくれる。いつだって先生として生徒を受け入れてくれると思う。

「はい。頼りにしてます」

　見た目は幼くても、立派な人だ。だから今回も全力で頼ることにしたのである。

「それで、合法ロリと本物ロリの見分けってどうやるんですか？」

「え？　見て分からないのか？　先生、セクシーだろ？」

　言われて、先生を凝視する。寸胴のようなスタイル。ぷにぷにの肌。くりっとしたおめめ……申し訳ないけど、先生が十歳と自称したら信じてしまいそうな外見だった。

　セクシーではないな。

「なるほど……つまり、見た目で判断できないってことですか」

「え？　せ、先生の色気……」

　何か言いたそうにしているが、先生も心の奥底では自覚しているのだろう。

　それ以上は何も言わずに咳払いをした。

「こほんっ。まぁ、あれだぞ……内面だ。接することでその人の内面を見たら、年齢もきっと分かる……はずだぞっ。そうだったらいいなって先生は思う！」

「そうですね」

合法ロリを判別するのに簡単な方法はない。じいさんも言っていたが『本質を見抜く』しかないのだ。

そのためには、なるべく多くの時間を彼女たちと一緒に過ごさなければならない。

「先生も協力して、なるべく六浦が四人と接することになるようにする！　どうだ？　嬉しいだろうっ」

残念ながら核心に迫れるようなアドバイスはもらえなかった。

「はい、よろしくお願いします」

それでも心強い味方の出現に心が幾分か軽くなった。

後で色々と相談に乗ってもらおう。

それから一之瀬苺先生とおしゃべりしていると、すぐに始業の時間となった。

月曜日。週の初めだというのに教室はとても賑やかだ。子供たちの元気いっぱいな声が響き渡っている。しかしその中に男子児童の姿はなかった。

徳田院学園の小中等部は女子学校なので男子児童はいないのである。

ちなみに、徳田院学園は小中が一貫校で、高等部と大学部に進学するには受験が必要だ。

高校からは男子生徒も入学可能の共学となる。

俺も受験を受けて高等部に入学した身なので、女子しかいない学校というのは初めてである。ちょっと不思議な感じがした。

「おーい、静かにしろー。朝のホームルーム始めるからなー」

先生が間延びした声で声をかけると児童たちは素直に自席へと戻っていく。

教室を見渡してみると、昨日顔合わせをした四人の子供たちが見えた。彼女たちを見るのは昨日振りである。

四人は俺の許嫁(いいなずけ)候補なのだが、一緒に生活しているわけではない。

俺はじいさんから一つの屋敷をあてがわれて、今はそこで生活している。彼女たちも俺と同じように、じいさんが用意した住居がそれぞれあるようだ。朝は一之瀬先生に挨拶していたので、今日会うのは初めてだったのである。

元気そうで何よりだ。

「今日は実習生が来ているぞっ」

一之瀬先生に続いて俺も教室に入ると、みんなは一斉にこちらを凝視してくる。

まずは先生が俺のことを軽く紹介してくれた。

「彼が実習生だ。これから一年間、六年一組の一員になるからな。みんなは色々と面倒を見てやってくれ」

「「「はい！」」」

一之瀬先生の説明に児童たちは元気いっぱいに頷いた。

「じゃあ、自己紹介してもらおうか。六浦、いいぞ」

「分かりました」

先生の合図で俺は教壇の前に立つ。

「六浦利孝です。これからよろしくお願いします」

簡単にではあるが名前を名乗って頭を下げた。

「「「よろしくお願いします！」」」

児童たちは俺の味気ない言葉にもきちんと反応を返してくれた。いい子たちである。

「よし、次はみんなからも自己紹介だ」

と、ここで今度は児童たちの順番へと移った。一人ずつ、席を立って自己紹介してくれる。もちろん俺の許嫁候補である四人も、だ。

最初は一番出席番号が若い彼女から。

「入江梨恵よ。特技は体を動かすことで、特に野球は好き。よろしくね？」

落ち着いた態度で梨恵ちゃんは名前を口にする。なんと野球をやっていたようだ。

俺も以前にやっていたので話が合いそうである。機会があれば語り合ってみたいものだ。

「辻葛葉じゃ。朝は眠いのう……」

お次は葛葉ちゃん。今日はよれよれの恰好ではなく制服なので昨日よりはしっかりとして見えた。

だけど、やっぱり抱き枕は持って来ているのでまともには見えないのが問題か。

「辻、枕は授業中ロッカーに入れておくのだぞ」

「……カミラたんは枕ではないのじゃ。わしの嫁なのに……」

ぶつぶつ言ってるが一之瀬先生には逆らえないらしい。大人しくロッカーに入れているところがなんかかわいかった。

常にやる気なさそうだしぶすっとしているが、根はいい子なのだろう。

「鳴海ルナです……あの、えっと」

そして鳴海ルナちゃんは昨日と比べてどこかびくびくしていた。

もしかしたら大勢の前で話すのが得意ではないのかもしれない。うさぎの人形をぎゅっと抱きしめながら俯いていた。

「よ、よろしくおねがいします」

ぺこりと頭を下げて、彼女はゆっくりと座る。少しおどおどしていた。

昨日の態度は普通だったのに、そういう一面もあるようだ。慣れた人には懐くタイプなのかな？

さて、最後は彼女である。

「はーい！　わたしは水無瀬みるくですっ。趣味はゲーム、特技は暗記、好きな食べ物はスイーツ、好きなタイプは年上のお兄ちゃん!!」

みるくちゃんは無邪気な笑顔を浮かべていた。

「にゃはっ。将来の夢はお嫁さんです！」

でも、発言がどこか露骨というか……あざとかった。今のだって俺へのアピールなのだろう。まっすぐこっち見てるし。

なんとなくだけどこの子は油断したらダメな気がする。底知れない何かを感じる女の子だった。

そのまましばらく自己紹介は続き、最後の子が終わったところで終了となる。

「うん、自己紹介は一通り終わったから、授業を始めるぞっ。六浦(ろくうら)は後ろの方でまずは見学していろ。しばらくしたら教壇にも立ってもらうから、そのつもりでしっかり見ておかないとダメだからな?」

いよいよ授業が始まる時間になった。

「はい、勉強させていただきます」

「むふっ。先輩面するのは楽しいなぁ……」

先生は機嫌が良さそうである。えっへんと胸を張る姿に頬(ほお)が緩んだ。

さてさて、後ろの方で授業の様子を観察させてもらおう。雰囲気や各生徒の授業態度なども見ておきたい。

それからもちろん、試練のこともあるので許嫁候補の四人も注視しようと考えていた。

「一時間目は算数だな。日直の……今日は水無瀬か。号令かけていいぞ」

「じゃあ、きりーつ！　れー！」

……なるほど。六年一組では日直が号令係になるようだ。今日は水無瀬みるくちゃんが日直だったみたいだ。

「「よーろーしーくーおーねーがーいーしーまーすっ！」」

号令にクラスのみんなが声を合わせる。小学生特有の間延びした号令はなんとなく懐かしい気分になった。

そして授業が始まる。算数の授業では『円の面積』を教えていた。

「まずは昨日の復習から始めるか。教科書の問題が解けるはずだから、やってみてくれ。えんちゅうりちゅ……円周率は3でいいから」

先生は言葉を噛んでいたがクラスのみんなは然程気にしていない。たぶん、日常茶飯事だからか大したリアクションもなかった。

「少し時間をあげる。みんなと相談してもいいぞ？」

その言葉を合図に、児童たちは周囲の友達と一緒に問題を解き始めた。おしゃべりをしながらだが、しっかりと問題に向き合っている。

クラスの雰囲気は良さそうだ。この雰囲気に馴染めるように俺も少しだけ話しかけてみようかな。

「お兄ちゃん！　ちょっとこっち来てっ」

と、ここでタイミング良く声がかかった。昨日からよく耳にするハキハキした声は、水無瀬（みなせ）みるくちゃんのものである。

視線を向けると許嫁（いいなずけ）候補の四人が見えた。彼女たちは席が近いのである。

「どうしたの？」

彼女の席の方に近づくと、すぐ隣の席では悟りを開いたような微笑（ほほえ）みを浮かべている梨恵（りえ）ちゃんがいた。一方のみるくちゃんは難しそうな顔をしている。

「りっくん。あのね、円周率なんてものは生きていく上で必要がないわ」

「うにゅぅ……お兄ちゃん、わたしにはもうお手上げだよぉ」

「みるくさんはよくがんばったと思うの。だからもう、無理しないで？」

「りえりえは無理しないとダメだよっ。だって……問題、まったく解けてないのに」

……なんとなく、状況は読めた気がした。

「みるくちゃん、梨恵ちゃんに勉強を教えようとしてたんだ」

見た感じ、恐らくはそうなのだろう。みるくちゃんは問題を解き終えているらしいが、梨恵ちゃんはまったく理解できていないようだ。穏やかに微笑んで明後日の方向を見つめていた。

「私はね、円周率よりも大切なものを学びたいの」

「うぅ……くずくずも他人のふりしてないで、助けてよぉ」

「わ、わしを巻き込むな！　梨恵はな、きっと勉強ができない呪いにかかっておるのじゃ。諦めた方がいい」

みるくちゃんが葛葉ちゃんに泣きついているが、彼女は我関せずと言わんばかりに視線をそらしている。葛葉ちゃんも問題は解き終わっているようだが、こっちは梨恵ちゃんに対して匙を投げているみたいだ。

「ええ、そうだわ。私は呪いにかかっているのよ……ふふっ。そもそもどうして円の広さなんて求めないといけないのかしら。この教科書を作った人はどうかしてると思うの」

「こらこら……梨恵ちゃん、がんばろうよ」

彼女たちのやり取りを聞く限り、梨恵ちゃんは勉強が苦手なようである。

「りっくん、愛してるわ。だから勉強しろ、なんて言わないで？」

「もーっ。またこんなこと言うんだから……お兄ちゃん、りえりえをこーせーするの手伝って？　お礼にパンツ見せるから！」

「……梨恵の勉強嫌いが直るなら、わしもパンツ見せるのじゃ」

いやいや、パンツは見せなくていいから……。

「梨恵ちゃん、やっぱり小学生のお仕事は勉強することだと、俺は思います」

「……りっくん、今ならキスしてもいいわよ」

「さ、さっきから誤魔化そうとしてるけど、ダメだからね？　ほら、鉛筆握って……ゆっくりでもいい。俺も手伝うから、一緒に考えよう？」

この子は平然と恥ずかしいセリフを口にする。少し動揺してしまった。

とはいえ、やっぱり教師を志す者として勉強をしないでいいとは言えない。せめて一緒にやってあげることしかできないが、がんばろうとやる気を促してみる。

「え？　一緒にやってくれるのね？　それならやるわ。勉強、がんばるっ……やった」

しかし、思いのほか梨恵ちゃんは簡単に頷いてくれた。あまりにも素直で拍子抜けしたくらいである。一緒にやる、という言葉につられたみたいだ。

「ずるーい！　わたしも、お兄ちゃんと勉強したいっ」

「利孝……わしも、勉強したいのじゃ」

「あ、うん。いいけど……」

どうも、彼女たちにとって俺との勉強は嬉しいものらしかった。そこまで好意的に思われると照れるな……。

「じゃあ、時間がある時は声をかけて。いつでもいいから」

ひとまず梨恵ちゃんの勉強嫌いは、今後どうにかするとして。

「ええ、よろしくお願いするわ」「はーい！」「うむ、分かったのじゃ」

俺の言葉に三人は元気な返事をしてくれた。

これからはなるべく多くの時間を過ごして、もっと仲良くなれるようにがんばろう。

「梨恵ちゃん、とりあえず一緒にやってみよっか」

「ええ、がんばるわ。よろしく、りっくん」

それからは二人で一緒に問題を進めて行った。公式を使うだけの簡単な問題ではあるので、丁寧に教えてあげると梨恵ちゃんはしっかり問題を解くことが出来た。

「できたっ……りっくん、教え方が上手ね。ありがとう」

嬉しそうな彼女を見ているとこっちまで嬉しくなった。

――って、そういえば！

ふと、あと一人の女の子が一向に話に入ってこないことを思い出した。許嫁候補の一人でもある、鳴海ルナちゃんだ。

「ルナちゃんは……？」

彼女の姿を探す。許嫁候補の四人は席が近くなのでルナちゃんはすぐ隣にいた。

でも、彼女は幸せそうに――眠っていた。

「むにゃむにゃ」

「ルナちゃん、起きてっ」

「んにゃ……せんせぇ？」

眠っていたから話に入ってこなかったようだ。慌てて起こすも、彼女はまだ眠そうにしていた。

「授業中だから、眠らずにがんばろう？」

「……ん。わかった」

素直に頷（うなず）いてくれたが、ルナちゃんは問題を解く時間が終わってすぐにまた居眠りを始めていた。体調が悪いわけではないようだけど……それが少し気になった。


「ふむふむ……」

それにしても……学校での彼女たちの様子は合法ロリ判別の参考になりそうだ——と、思ったけど、そうでもないな。

授業中、俺は彼女たちをじっくりと観察していた。

四人とも見た目は小学生だが、中には一人合法ロリがいる。その子は年齢が違うのだから、クラスで浮いててもおかしくないと思っていたのだ。

しかしそういう様子は全く見えない。四人はすっかり馴染（なじ）んでいた。

みんな他のクラスメイトとも普通に接している。

唯一ルナちゃんだけ口数が少ないが、おしゃべりする相手はきちんといる。他の三人もクラスメイトと想像以上に仲良くしていた。

合法ロリの子は上手に溶け込んでいるみたいである。

「やっぱり分からないなぁ……」

その後、実習初日ということで授業中も四人を観察していたが、核心に迫るようなことを知ることはできなかった。

みるくちゃんは明るく活発で授業中の発言も多かった。

葛葉（くずは）ちゃんはやる気こそなさそうだが授業は真面目に受けていた。

梨恵（りえ）ちゃんは友達が多いようで四六時中誰かとおしゃべりしていた。

ルナちゃんはうつらうつらとしており授業中だろうと居眠りが多かった。

学校での生活態度は小学生らしい振る舞いだった。四人ともしっかり小学生している。

合法ロリを判別するには相手のことを相当深く知る必要がありそうだ。

もっとおしゃべりをしてみたい。できるなら今度は一対一で接してみたかった。

そのタイミングはすぐに訪れることになる。

全ての授業を終えた放課後のことだった。

「六浦（ろくうら）。悪いけど補習を手伝ってくれないか？　先生、この後に職員会議が入ってるんだ」

教員室で帰り支度をしていると一之瀬先生が声をかけてきた。

「俺は会議に出なくていいんですか？」

「今後の日程調整とかの会議だから、六浦は出なくても大丈夫だぞっ」

「はい、分かりました。それで、誰の補習でしょうか」

「鳴海ルナだ」

おお、タイミングが良い……試練のことがあるので、ちょうどルナちゃんと二人きりになりたかったところである。

「どうも算数の授業中に居眠りしていて課題をやっていないみたいでな……試練のこともあるから、ちょうど良いと思うのだっ」

「喜んでやります」

願ったり叶ったりである。早速ルナちゃんとおしゃべりできそうだった。

「任せたぞっ。このプリントを解かせてくれ。鳴海は教室で待機してるはずだから」

「さすがは一之瀬先生、頼りになります」

「むふっ。褒められると悪い気はしないなぁ」

ニヤニヤと笑う先生に手を振って俺は教員室から出て行く。先生はこの後に職員会議があるということなので、自分の荷物は持って出ることにした。

そのまま六年一組の教室に向かう。

「んにゃ……」

教室に到着すると、ルナちゃんが一人ですやすやと寝ている姿が見えた。

他の子はいない。不要な居残りは学園が禁じているので人がいなくなるのは早かった。

「くー……くー……」

天使のような表情で眠るルナちゃん。寝息もかわいい。いつも抱かれているうさぎのぬいぐるみは机の隅っこにちょこんと座っていた。

気持ち良さそうに寝ているので起こすのにためらいを覚えたが、時間が遅くなってはダメなので仕方なく声をかける。

「ルナちゃん、起きて」

「ふわぁ……せんせぇ？」

ルナちゃんは目をくしくしとこすりながら体を起こした。仕草が小動物みたいだな。

「どーしたのー？」

「一之瀬先生に言われて、ルナちゃんのプリント持ってきたんだ。一緒にやろう」

算数のプリントを手渡すと、ルナちゃんはふにゃりと笑った。今日初めて見た笑顔である。クラスメイトの前では終始緊張しがちだったけど、俺の前ではそうでもないらしい。

「んっ。ルナ、せんせぇとおべんきょーするの、好き」

そう言って彼女は席を立ち上がる。

「せんせぇ、すわって？」

何をするのかと思えば、どうやら俺に座れと言っているようだ。促されたのは今までルナちゃんが座っていた椅子である。

「こ、ここに？」

小学生用の椅子はサイズが小さいので少したためらってしまった。

「……ダメ？」

しかしルナちゃんが悲しそうにするので俺は元気よく座ることにした。

「ダメじゃないよ！　いやぁ、ルナちゃんの椅子に座れて嬉しいなー」

座り心地は悪いが、とはいえ座れないこともない。ルナちゃんの笑顔のためならそれくらいの不快はないも同然だった。

「ん。じゃあ、ルナもすわります」

そして彼女も座った。俺の膝の上に。

「……ルナちゃん、そこ座りにくくない？」

「だいじょーぶ。ルナね、せんせぇのおひざ、好きなの」

ルナちゃんは俺にもたれかかるように体をぐいぐいと押し付けてくる。

銀色の髪の毛からは甘い匂いを感じた。膝にはルナちゃんの柔らかい体の感触が伝わってくる。昨日も思ったのだが、どうもルナちゃんは俺に触るのが好きみたいだ。

密着の度合いがすごい。

「べ、勉強できる？ 座り心地悪そうだけど」

不覚にも少しだけドキドキしていた。小学生とはいえ女の子だ……俺はそういうのに慣れてるわけじゃないので、実はあまり得意じゃなかったりする。

「そう？ ルナ、へーきだよ？」

やんわりと体勢の変更を提案したが断られた。ルナちゃんはこの体勢を気に入ったようである。そのまま鉛筆を握って勉強を始めてしまった。

俺が思うほど違和感はないのかもしれない。仕方ないので体勢を直すのは諦めた。

「ルナちゃん、授業中に寝てたけど……もしかして体調でも悪かった？」

プリントに目を通すルナちゃんに声をかける。

授業中の居眠りは、教師を志す者として看過できないことだった。

「ん……ぽやぽやしてました」

ぽやぽやって表現が独特で面白い。まぁ、体調が悪かったわけではないようだ。

「授業中に寝てたら先生が心配するよ？ 次からは元気な顔を見せてあげよう」

「ん……わかった」

ルナちゃんも居眠りが良くないというのは理解しているようだ。素直に頷（うなず）いてくれた。

「今度はがんばろっか」

後ろから軽くルナちゃんの頭を撫でる。あんまりしつこいのは俺も好きじゃないのでこの話題は終了することに。

「……んにゃ」

ふと、ルナちゃんはぐいぐいと頭を押し付けてきた。

「なでなでされるの、好き」

もっと撫でてほしいということだった。

「せんせぇの手、おっきくてあったかい」

気持ち良さそうにルナちゃんは体を揺らしている。なんというか……うん、はっきり言うと少し子供っぽいかもしれない。

人見知りするのも、眠気に耐えられないのも、子供によく見られる特徴だ。甘えるところなんて特に幼く見える。俺と同級生とは思えない。

無防備すぎるのだ。いつか誰かに誘拐されそうで怖いなと思うほどに。

とはいえ、ちょっと人見知りっぽいのでその心配はなさそうだが。

「ルナ、せんせぇのこと好きっ」

ふにゃりとした笑顔に俺も頬を緩めてしまう。

「ありがとう。俺もルナちゃんのこと好きだよ」

実の子供から『お父さんのお嫁さんになる！』と言われている感覚だった。子供なんていないけどたぶんそんな感じである。

　恐らくだがルナちゃんは本物の小学生な気がした。軽く話してみただけだが言動がとても幼いので、たぶんそうだと思う。よし、これで一人目は看破したかもしれない……幸先良いスタートだ。

「ん……っ」

　なおもすり寄ってくるのでもっと甘やかしたくなるが、まだルナちゃんには補習がある。ここは心を鬼にすることに。

「遊ぶのはプリント終わってからにしよう。どこまで進んだ？」

　ここで俺はルナちゃんのプリントを覗き込んでみた。ずっと俺とおしゃべりしていたし、大して解かれてないものだと思い込んでいた。

　しかし、

「終わったよー？」

　プリントの解答欄は全て埋まっていた。

「――え」

　意表を突かれて俺は驚いてしまう。まさかこんなに早く解けるとは思ってなかったのだ。特にルナちゃんはペースがゆっくりな子だし、意外でもあった。

「こ、これ採点してもいい？」

「よろしくおねがいします」

一之瀬(いちのせ)先生から渡されていた解答を取り出してルナちゃんの記入と比較する。

「……百点だ」

完璧だった。俺とおしゃべりしながらこんなに早く解けるとは……すごいかもしれない。

「ルナちゃんは算数得意なの？」

「ふつー」

普通って……本当にそうなのだろうか？　どうにも違和感があった。

「ルナ、大人だからこれくらいらくしょーだよ？」

そして彼女はここで大人アピールを仕掛けてくる。大人と言っても、俺と同い年だという意味なのだろう。

合法ロリだから小学生レベルの問題は楽勝だと言いたいのだ。

「いやいや……大人には見えないけどなぁ」

「むぅ。せんせぇ、しんじてない」

不満そうにほっぺたを膨らませるルナちゃん。

「ルナ、せんせぇにおべんきょーおしえてあげられるよ？　大人だから」

彼女は自分が合法ロリであることを証明しようとしていた。

ふむ、これはルナちゃんを合法ロリか判別するチャンスかもしれない。

「じゃあ、高等部から出されている宿題を教えてもらっていい？」

持ってきたカバンから数学の問題集を取り出す。これは実習期間に課題として与えられているものだ。

高校一年生レベルの数学問題集である。去年の復習をしろということらしい。

解けなければ、ルナちゃんが本当の幼女である可能性がぐっと高くなるだろう。

「ルナにおまかせ」

俺の疑惑をよそにルナちゃんは平然と問題集を受け取る。ぺらぺらとめくって、それから一つの問題に目を止めた。

「ここ、まちがってる」

「え？　嘘っ」

指摘された問題は俺が自信を持って解答を書き込んだものである。

最初は信じられなかった。ルナちゃんが適当なことを言っているとばかり思っていた。

だが、彼女が記入した計算式を見て、俺は自分が間違っていたことに気付く。

「本当だ……間違ってる」

彼女の解答はやはり完璧だった。分かりやすいし簡潔で明解である。

「せんせぇはね、計算でよくミスしてるので、もっとていねーにやったらいいと、ルナは思います」

少ないものではあるのだが、彼女はポツポツと俺のミスを見つけていく。確かに俺は慌てたり気が抜けていると確認がおろそかになる癖があるので、このあたりは改善しなければならないと考えていたことである。

そんなところも見事に見抜かれて俺はとても驚いていた。

「すごい……ルナちゃん、頭いいんだ」

「ふつーだよ？　ルナね、せんせぇと同い年だから」

「…………」

さっきまでは否定できたのに、彼女の頭脳を目の当たりにすると途端に自信がなくなってきた。

いや、もしかしたらルナちゃんは『天才』なだけかもしれない。小学生だけど高校生の問題が解ける天才、とするなら納得できなくもない。

そう思い込みたかったのだが。

「あのね、ルナ……数学者なの」

おもむろに机の引き出しから取り出されたのは、一つの雑誌。

「ん……これ、見て？」

渡されたので反射的に受け取った。数学者って……どういうことなんだろう？

よく分からないがとりあえず表紙の方を確認してみた。タイトルが英語で書かれている……って、これ学術誌では？

研究者の論文などが掲載されている雑誌である。

ページの途中には付箋が挟んであったので、何気なくそこをめくってみた。

「―――は？」

そして俺は驚愕の真実を知ることになる。

開かれたページにはとある論文の著者名が記載されていた。何名かの名前に並んで、そこには『Luna Narumi』と書かれていたのである。つまり彼女は、学術誌に論文が掲載されるほどの論文を執筆した、ということになるわけだ。

「こ、これってルナちゃんなの？　同じ名前の他人じゃなくて⁉」

「むぅ。ルナだもん……ミレニアム問題、計算しました」

これは後で調べたことである。

ミレニアム問題とは、アメリカの数学研究所によって発表された百万ドルの懸賞金がかけられた数学問題だ。全部で七つあるらしく、そのうちの一つをルナちゃんが所属する研究チームで解法を見つけたとのこと。

ミレニアム問題は検証に時間がかかるのでまだ正式に解いたことにはなっていないようだが、解法が発表されたということで数学会では大きな話題になったみたいである。

それほどの偉業をルナちゃんは成し遂げていたのだ。

「ルナ、前にね……せんせぇから、おべんきょーをおしえてもらってました」

「……そうなんだ」

彼女が語っているのは、俺の失った記憶だ。

「せんせぇは、いっぱいルナにおしえてくれたの」

ふと、気付く。

だからルナちゃんは俺のことを『せんせぇ』と呼ぶのだ。俺が実際に勉強を教えていた『先生』だったから。単に実習生の先生だからというわけではなかったみたいだ。

「だからね、今度は……ルナがおしえてあげられるように、おべんきょーがんばった」

失くしてしまった思い出なので俺には真実かどうか確認しようがない。

しかし、そうやって嬉しそうな顔で語られては、信じないわけにはいかなかった。

「ルナ、せんせぇとおべんきょーするの、だいすき」

先程の言葉が繰り返される。過去の記憶を知らされた上で聞くと、言葉に宿る思いの強さを感じた。

彼女は俺に教えるために勉強を頑張った。

やがて数学者として才能を開花させるほどに、だ。

「わ、分からないぞこれは……っ！」

ルナちゃんの頭脳は明らかに子供離れしていた。仮に彼女を小学生と仮定して、ここまで頭の良い小学生が存在するだろうか。

高校生の問題が解ける程度なら、分からなくもない。

だが学術誌に載るレベルの問題を解く小学生というのは、にわかに信じられなかった。

もしかしたらルナちゃんは本当に俺と同い年かもしれない。

合法ロリ、かもしれない。

「せんせぇ……またいっしょにおべんきょーできて、ルナはうれしいです」

でも、ふにゃりとした笑顔は、相変わらず子供のようで……甘えるようにすり寄ってくるその仕草は、同い年にも見えなかった。

一対一で接してみたはいいが、余計に分からなくなったな……。

幸先良いと思っていたがそうでもなかったようだ。

「………よし」

分からないので、とりあえず俺は『保留』にした。合法ロリか否かの解答を先延ばしにしたのだ。まだ一人目である。ここですぐに結論を出すのは早い。

ルナちゃんは合法ロリの可能性もあるし、本物ロリの可能性もある。

つまり、合法ロリの判別がつかなかったということだ。

「ルナちゃん……もう少しだけ、俺に勉強を教えてくれる？」

「んっ！　ルナがいっぱい、おしえる」

笑いかけると、ルナちゃんは我慢できなくなったように体勢を入れ替えて、俺に抱き着いてくる。

「せんせぇ、だいすきっ」

甘えるその仕草はやっぱりとてもかわいかった。合法ロリにしても本物ロリにしても彼女のかわいさは変わらない。

だから今は、ルナちゃんと過ごす時間を楽しむことにするのだった。

こうして一人目の見極めは失敗に終わる。

試練の期限まで、あと六日――。

第三話　観察その二『水無瀬みるくちゃん』

実習二日目。火曜日である。

昨日はルナちゃんを観察してみたが結局謎は深まるばかりだった。じいさんの言っていた『本質を見抜く』という行為はなかなか難しい。ルナちゃんは子供にしか見えなかったが、頭脳は大人顔負けだった。

合法ロリか、本物ロリか、どっちか確信が持てなかったのである。

とはいえ、まだ一人目だ。残りの三人と接して、ひょっこり合法ロリを見つける可能性もある。

まだ焦る必要はない。そう自分に言い聞かせて俺は二日目の実習に臨んだ。

「みんな、お待たせ。おはよう」

朝の登校時間。俺は待ち合わせ場所で四人に声をかけた。四人とはもちろん、俺の許嫁(いいなずけ)候補であるルナちゃん、みるくちゃん、梨恵(りえ)ちゃん、葛葉(くずは)ちゃんのことである。

「せんせぇ、おはよーございます」「お兄ちゃん、おはよー！」「りっくん、おはよう」

「利孝、おはようなのじゃ」

四人とも気持ちの良い挨拶を返してくれた。

「じゃあ、学校に行こっか」

そう言って俺たちは歩き出す。実は今日から彼女たちとは一緒に登校しようということになっていた。

俺たち五人は徳田院大五郎——じいさんの子供だが、住んでいる場所は別々である。しかし距離は近いので、せっかくだから一緒に登校したいと四人から言われたのである。

俺としても嬉しい申し出なので、もちろん快く引き受けた。

「にゃははっ。朝からお兄ちゃんと一緒に歩けるなんて、とっても嬉しいなーっ。くずずも今日はきちんと寝坊せずにすんでるし、お兄ちゃんのおかげだね！」

「べ、別に、いつも寝坊しているわけではないのじゃっ。ただ、今日は利孝と登校できるからのう……昨夜はアニメを見るのも我慢して早めに寝たのじゃ」

「偉いわね、葛葉さん。この調子でしっかりと早起きの習慣をつけたら？」

「んっ……でも、ルナはまだまだねむいです」

朝から四人は元気そうだ。楽しそうにお喋りしている。昨日から観察していて分かったのだが、この子たちは仲良しである。とてもいいことだ……見ていて頬が緩む。

そんな俺を見ていたのか。

「あー！　お兄ちゃんが、わたしたちのランドセル姿を見てニヤニヤしてるー！」

みるくちゃんが目を輝かせて俺を指さしてきた。

「ち、ちがっ……そんなつもりないから！」

慌てて否定したのだがみるくちゃんは言葉を止めない。楽しそうに笑っていた。

「でもでも、似合うでしょっ？　現役女子小学生のランドセル姿はかわいいよね！」

クルリと反転してみるくちゃんは赤いランドセルを見せつけてきた。学園の制服も併せて、よく似合っている……もちろん他の三人もいい感じだった。この中に十六歳の女の子がいるとは思えないくらいに。

「まぁ、うん……みんなのランドセル姿、かわいいと思うよ」

素直に認めたら、四人は嬉(うれ)しそうに声を弾ませた。

「ん……ルナ、かわいーの？」

「ルナさん、りっくんはメロメロみたいよ。褒められるとなんだか照れちゃうわね」

「み、みるく！　でかしたぞ……利孝(りこう)がかわいいって言ってくれたのじゃ！」

「うん！　ナイスわたしだね！」

顔を見合わせてキャーキャー言っている。そこまで喜ばれると俺が照れくさくなるので、こういう発言はスルーしてほしいんだけど。

まぁ、笑ってくれているのだから、それはそれでいいかな。

「ほら、足止まってるよ？　遅刻したらまずいから、歩きながらおしゃべりしよう」

そのまま学校に向かって歩きながら、俺たちは会話を交わす。一応、俺の体感的には出会って二日目なのだが、彼女たちとは仲良く話すことができた。

会話も盛り上がったし、楽しい登校時間が過ごせたと思う。

そして、今日はやけにみるくちゃんのテンションが高かった。

「みるくちゃん、今日は機嫌良さそうだけど、何かいいことでもあったの？」

少し気になったので理由を聞いてみる。

「にゃはっ。今日はね、『ゲーム』の授業があるからやる気満々なの！」

みるくちゃんは、どうやらお気に入りの授業があるからはしゃいでいるらしかった。

「ゲーム？」

しかし、俺には『ゲーム』という授業がよく分からなかった。


登校してすぐに今日の時間割を確認すると、確かに『ゲーム』と記載されていた。しかも一時間目から早速である。

「……これが授業なんだ」

覚えのない授業項目である。もしかしたら記憶を忘れている小学校六年生の頃にあったかもしれないが、少なくとも五年生以前にはやったことがなかった。

「どうしてだろう？」

授業時間になると、場所を移動するということでみんなについて歩く。音楽室や美術室のように、徳田院学園初等部には『ゲーム室』なるものがあるようだ。

「お兄ちゃん？　どうしたの、面白い顔してるよ？」

ゲームについて考えながら歩いていた時だ。不意に衣服の袖が引っ張られた。

「え？　あ、みるくちゃんか」

そこには黒髪ツインテールの水無瀬みるくちゃんがいた。俺の許嫁候補の一人で、合法ロリの疑いがある女の子だ。

「はーい、みるくちゃんですっ」

ポーズと笑顔を作って彼女は笑う。あどけない表情がまたかわいかった。

「お兄ちゃん、おしゃべりしてもいい？　一緒に歩こっ」

「ああ、うん。もちろん」

「やった！　えへへ～」

無邪気に笑いながら彼女は俺と足並みをそろえる。袖はまだつかんだままだ。

これだとみんなから変に見られるかもしれないな……最後尾なので今は目立ってないが、いつ誰が振り返るか分からないし。

「みるくちゃん？　袖……」

「なに？　袖がどうしたの？」

指摘してもみるくちゃんはきょとんとするばかりで離そうとしなかった。

「あれ？　もしかして手つないでるみたいで恥ずかしいの？」

「へ⁉　い、いや、そんなことはないけどっ」

図星だが認めたら変に意識してるみたいなので、反射的に否定する。

「高校生だし？　それくらいで動じたりするわけないから」

そして思わず強がってしまった。

するとみるくちゃんはニッコリと笑って、より俺にくっついてきた。

「じゃあ、ぎゅーってしてもいいよね～？　高校生だから、これくらい大丈夫だよねっ？」

腕を組むようにみるくちゃんは抱きついてくる。

「ちょっ、さすがに……」

まだ誰も気付いてないが、授業中に過度な密着はまずいだろう。慌てて声をかけるとすぐにみるくちゃんは手を離してくれた。

「にゃははっ。冗談だよー！　どう？　ドキドキした？」

微塵（みじん）も悪気のない笑顔が俺に向けられる。子供らしい純真な表情だけど……なんか完璧すぎて怪しいような。

この子、もしかして分かってて俺をからかってるんじゃないだろうかと、そんな邪推をしてしまうような笑顔だったのである。

確証はないので何とも言えないけど、みるくちゃんはなんとなく油断ならない。彼女からは得体の知れない何かを感じていた。

「ど、ドキドキはあれだけど、びっくりするからほどほどにね？」

「はーい。それにしてもゲーム楽しみっ」

しかし、はしゃいでいるのは本心のようで、目をキラキラさせている。あまり詮索するのは失礼なので、疑うのはひとまず置いておくことに。

ここは話題に合わせて、先程から気になっていたことを問いかけてみた。

「あのさ、ゲームの授業って昔からあったっけ？　俺はやった覚えがないんだけど」

「ううん。えっとね、わたしが三年生くらいかなぁ？　それくらいに、ゲームが授業になったって聞いたよっ」

みるくちゃんは俺の質問に答えてくれる。彼女が三年生ということは、つまり三年ほど前らしい……どうやらゲームという授業は最近導入されたようだ。

「なんかね、おじいちゃんが言うには『eスポーツ』の普及と、子供たちの意欲向上とかが目的なんだって！」

おじいちゃん、というのは学園長である徳田院（とくだいん）大五郎（だいごろう）のことだろう。

あのじいさんがゲームを授業に取り入れたのか。

『子供たちが興味を持つ題材を授業に取り入れないのは愚か極まりない』

などと前に言っていた記憶がある。そう言われてみれば納得できた。

「ゲームって、昔はあんまり良く思われなかったみたいだけど、科学的にはそうでもないって話だっけ。脳が活発になったりするらしいし、あと最近の子供たちってゲームがコミュニケーションツールになってたりするんでしょ？　だったら、授業を通して正しい遊び方を学ぶのも悪くないかも」

中毒性は懸念されるが、だからといってまったく触れさせないのはちょっと違う。あえて触れさせることで正しい遊び方を学べばゲームは悪いものじゃないだろう。

そういった意味でじいさんはゲームを授業に導入したのだと思った。

海外では既にゲームが授業に導入されているところもあると聞く。日本でも少しずつだが認識も変わっているらしく、教育に取り入れられるようになってきているようだし。

じいさんも抜かりなく取り入れたようだ。

「にゃははっ。難しいことはよく分かんないけど、楽しいのはいいことだと思う！」

みるくちゃんは俺の考えをさらりと流した。変な理屈云々（うんぬん）はどうでも良いらしい。

「今日は何やろっかな～」

ゲームそのものを心から楽しみにしているようだ。

「みるくちゃんはどんなゲームが好きなの？」

「音ゲー！」

音ゲー……えっと、確かリズムに合わせてボタンを押すゲームだっけ？

ゲームはほとんどやらないのでうろ覚えだが、たぶんそんな感じだったはず。ネットの動画で見たこともあるような。

操作が単純だったのでなんか簡単そうだった記憶がある。

「お兄ちゃんも一緒にやろっ？」

「うん、いいよ」

ゲームだしあまり難しいものではないだろう。そう思って俺は安請け合いしたわけである。

「おお、自信満々だっ。わたしに負けても泣かないでね？」

「そんなに大口叩いていいの？　逆にぎゃふんって言わせちゃおうかな」

音ゲーには何やら勝負要素もあるようだ。詳しくは知らないけど、リズムをとるだけのゲームである。みるくちゃんは当然、好きというくらいだからやりこんでるだろうが、俺が負けるとは少しも思っていない。

「すごーい！　ぎゃふんって人生で一度も言ったことないなー？　わたしに『ぎゃふん』って言わせてね？　がんばれ、お兄ちゃん！」

応援してくれるなんてとてもいい子である。

「みるくちゃんもがんばって」

その頭を軽くポンと叩いて俺からもエールを送った。

「……自信満々だけど本当に大丈夫かなー？」

最後に何か言われた気がしたけど、声が小さくてよく聞こえなかった。

そうやっておしゃべりしているとすぐにゲーム室に到着した。

「全員いるなー？　じゃあ、真面目に遊ぶのだぞっ。後で感想文も書かせるからなっ」

一之瀬先生の声を合図に、授業が始まった。

「ゲーム、多いな……」

ゲーム室。そこは一般的なゲームセンターと遜色ない部屋となっていた。音がじゃんじゃん鳴っていて少しうるさいくらいである。

軽く見渡した感じ、種類はたくさんあるようだ。対戦ゲーム、ＵＦＯキャッチャー、レースゲーム、クイズゲーム、などなど。

ふと、許嫁候補の子たちがどんなゲームをしているのかが気になった。

「ルナちゃんは……オセロ？」

最初に見つけたのは銀髪の妖精のような女の子。彼女は淡々とオセロゲームをしていた。

それにしても一手が速い。コンピュータ側もほぼノータイムなので展開もかなり速かった。そしてルナちゃんが優勢なのが傍目からでも分かってびっくりする。

数学者の彼女はもしかしたら将棋やチェスなども強いのかもしれない。そっちの道でも食べていけそうだった。

「葛葉ちゃんは、パズル……？」

何やらニヤニヤと笑っている葛葉ちゃん。よくよく見てみると、パズルの絵柄が美少女キャラクターだった。

あれか。パズルが完成すると美少女も完成するというやつ。

楽しそうにやるなぁ……抱き枕といい、二次元のコンテンツが好きみたいだ。

「梨恵ちゃんはバスケットか」

制限時間内にどれだけボールを入れられるのかというゲームだ。スポーツが好きと言っていた彼女らしい選択である。見た感じとても上手だった。動きがいい。

「やっぱりゲームってみんな興味あるんだなー」

それぞれ楽しんでいるみたいである。友達と交代ずつでわいわい騒いでいた。

さて、そうやってみんながたくさんのゲームで楽しんでいる中、みるくちゃんが向かったのはやっぱり音ゲーのコーナーだった。

「お兄ちゃん！　何がいい？　わたしはなんでもいいよっ」

「……何がいいんだろう」

パッと見てもどれがどんなゲームなのかよく分からない。ボタンがたくさんついているもの、パネルしかないもの、あとはギターとかドラムっぽいのやら、多種あるようだ。

中でも特に目についたのは、画面に合わせてダンスする音ゲーだった。これをプレイするみるくちゃんを見てみたいかも。

「え？　お兄ちゃん、『ダンイノ』がいいの⁉」

凝視していたからなのか、みるくちゃんは俺が見ていた筐体(きょうたい)を指さす。どうやら驚いているようだった。

「これダンスするゲームだよ？　初心者には難しいと思うなー」

「へー。でも楽しそうだよね」

「楽しいけどっ。判定がちょっとシビアだし、癖がある感じだよっ」

判定にシビアと癖？　よく分からないけど、百聞は一見に如(し)かずということで。

「みるくちゃん、一度プレイを見せてくれない？　操作とか覚えるから」

ひとまず見せてとお願いしてみた。単純にみるくちゃんがどう遊ぶのか興味もある。

あと、踊る姿を見てみたい、というのもあった。

「えー？　まぁいっか……とりあえず一回だけね！」

みるくちゃんは快く引き受けてくれる。

「曲は何がいいかな～？　あ、これだー！」

鼻歌交じりに曲を選択していた。音ゲーが大好きなのだろう。興奮のせいか体が左右に揺れていた。

「じゃあ、始めるよ！」

曲が流れると同時にゲームが開始する。聞こえてきた曲は知らないものだけど、テンポが良くて楽しい雰囲気を感じた。そのテンポに合わせてみるくちゃんは踊る。

「ふんふ～ん♪」

やはり予想通り、踊る姿はかわいかった。満面の笑顔で、楽しいという感情がこっちにまで伝わってくる。

それでいて苛烈というか、見ている者を惹(ひ)きつけるような何かがあった。見せる、というよりは『魅せる』と表現した方が近いかもしれない。

そのプレイ姿は最早(もはや)パフォーマンスの枠に達している。

「おお……」

思わず圧倒された。ダンスもいいのだが、それ以上に画面上の『ＰＥＲＦＥＣＴ！』という文字が止まらないのが、特にすごかった。

ダンイノ――正式名称は『ダンシング・イノベーション』というらしいこのゲームは、簡単に説明すると画面で踊る人に合わせて自分も踊るゲームである。

みるくちゃんのプレイを見ていると、なんとなく仕様が分かってきた。どうやらダンスの振り付けの正確性を判定して得点を算出するようだ。

画面の踊りに合わせて自分も踊る中で、振り付けの正確性を『マーカー』で判定する。

ダンスそのものが正しい必要はなく、マーカーに動きを合わせることが大切みたいだ。

ポーズや手の動きを画面通りにこなせば高得点が取れるだろう。

あんまり難しくはなさそうだった。これなら俺でもいい感じに動けると思う。

「イェーイ！」

やがて、みるくちゃんのプレイが終わった。画面にはＡＡＡと書かれている。たぶん最高ランクだろう。

「にゃははっ。楽しかった！」

みるくちゃんは汗をぬぐいながら俺の方に駆け寄ってくる。

「お疲れ。上手だったよ」

「えへへっ。お兄ちゃん、踊ってるわたしはかわいかったよねっ？」

「ま、まぁ……かわいかったよ」

「いや～、かわいいだなんて、当たり前だよ～」

かわいいのは当たり前らしい。実際そうなので文句はないけど、自分で言うあたり少しあざとく感じてしまう。

でもそれがみるくちゃんの魅力のような気がしてきた。

「どう？　お兄ちゃんにもできそう？」

声を弾ませながら、みるくちゃんは俺にくっついてくる。距離感が近い……ルナちゃんもそうだったけど、俺が意識しすぎなんだろうか。

「あ、えっと……」

「なになにー、どうしたのー？」

少し距離を開けてもみるくちゃんはすかさずくっついてくる。無意識なのか、自覚してあえて無邪気を装っているのか……この子の思考も読むのが難しかった。

あまり気にせず、堂々としていた方が良さそうだ。

「なんでもない。今度は俺もプレイしようかなって」

「一緒にやってくれるの⁉　やった、嬉(うれ)しい‼」

みるくちゃんはぴょこぴょこと跳ねて喜びを表現する。とても嬉しそうだった。

「どんな曲がいいかなー？　お兄ちゃんも楽しめるやつがいいよね！」

みるくちゃんはぐいぐいと俺を筐体(きょうたい)に引っ張っていく。どうやら気を遣ってくれているようだ。気持ちは嬉しいけど、それは不要な配慮である。

「大丈夫。どれでもいいよ。操作は覚えたから」

「……うーん、初めてだったらやりやすい曲がいいと思うよ？」

「いやいや、多分いける。俺、結構運動神経いいんだ」

「運動神経はあんまり関係ないような……」

無邪気な表情から一転、みるくちゃんは難しそうな顔になってしまった。

「もしかしてお兄ちゃん、このゲーム簡単だと思ってるの？」

「え、うん。このゲームというか……まぁ、ゲームはゲームだし」

あれ？　何か変なことを言ってるだろうか。

みるくちゃんは不満そうに唇を尖らせていた。もしかしたら遠慮不要と言ったことに対して気に障ったのかもしれない。

「所詮ゲームだから、大丈夫」

慌ててフォローの言葉を入れると、

「……にゃはっ」

ニッコリ、と……怖いくらいに満面の笑顔を浮かべていた。

「そっか。所詮はゲームだし楽勝ってことなんだ。ふーん？」

「……あれ？　怒ってる？」

「怒ってないよー？　ただ、そういうことなら、手加減しなくてもいいってことだよね？」

彼女は荒々しい手つきで画面を操作する。

「じゃあ、曲はこれ……難易度は最高でやろうかな？　所詮ゲームなんだし、遠慮は一切要らないよね」

ぶつぶつと呟くその姿はどことなく恐ろしい。おかしいな……笑顔のはずなのに威圧感があった。やっぱりどこかで間違えた気がしてならない。

「お兄ちゃん？　どうせだから、負けた方は勝った方の言うことをなんでも聞くことにしてもいいよ？」

「え？」

みるくちゃんは画面を睨んだままに言葉を続ける。

「わたしが負けたら……合法ロリかどうか、教えてあげる」

「――えっ!?」

まさかの言葉だった。これで勝てばみるくちゃんが選択肢から除外されて残るは三人に絞られる。

チャンスだ。

「分かった。受けて立とう……やっぱりなしは、なしだからね？」

「うん。まぁ、勝てたらだけど、その時はちゃんと答えてあげるね」

そして準備は整い、いざゲーム開始の時となる。

「よーし、そろそろ始まるよ？」

画面の前に移動したところで、隣に立つみるくちゃんがこんなことを言ってきた。

「お兄ちゃん。あのね、学校のゲームって、ゲームオーバーがないんだよ」

「……そうなんだ」

「最後までプレイした方が身になるってことらしいけど……ゲームオーバーがない恐怖、教えてあげるね？」

「――え？」

　どういうことかと聞き返す間もなく、ゲームはスタートした。

　そして俺はみるくちゃんの言葉の意味をすぐに知ることとなる。

「おぉ!?」

　ゲームオーバーがないということは、即ち(すなわ)――醜態を晒(さら)す、ということである。

「あはっ。お兄ちゃん、何それ？　怪しい儀式か何かっ？」

　はっきり言おう。舐(な)めていた。俺はゲームを侮っていた。

「難しすぎるでしょ!?」

　所詮はゲーム。誰にだってできるし楽しめる。

　そう思っていた俺が間違っていました。

　動きにまったくついていけなかった。マーカーに合わせているつもりでも判定はされず、画面には『ＢＯＯ』の文字だけが浮かび続ける。得点はもちろん加算されず、画面上のスコアはゼロから少しも動かなかった。

　一方、隣のみるくちゃんは鮮やかに得点を重ねていく。それも華麗に踊りながら、だ。

俺はどうやらダンスの才能もなかったようで、奇妙な動きを披露してしまった。

　俺とみるくちゃんの対称的な動きはとてもシュールだったらしく、ゲームの中頃になるといつの間にかクラス中がこちらに注目していた。

「ぶはははは！　げほっ……り、利孝(りこう)!!　何じゃその動きはっ」

「……ふふ。かわいいじゃない」

「せんせぇ、タコさんが盆踊りしてるみたいです」

　ルナちゃんが言った『タコが盆踊りしている』というのはあながち間違っていないのだろう。

　葛葉(くずは)ちゃんは爆笑していた。梨恵(りえ)ちゃんは小さく笑って俺を慈しむように見ていた。

　なんか恥ずかしかった。

「六浦(ろくうら)、先生は結果より努力が大切だと思う！　だから、めげずにがんばるのだぞっ」

　そして一之瀬(いちのせ)先生には励まされてしまった。相当酷(ひど)い動きに見えているらしい……あまりの酷さに俺の心が折れていると思ってなのか、一生懸命励まされた。

　穴があったら入りたい気分だった。

「ぐぬぬ」

　これは天罰なのだろう。何が『所詮ゲーム』だ……まったくできていなかった。

　簡単そうに見えてまったく簡単ではない。みるくちゃんの言う『判定の癖がかなりシビア』というのも実感した。ポーズを合わせてるつもりなのに判定してくれないのだ。だというのにダンスは止まらないものだから軽くパニックにもなっていた。

しっちゃかめっちゃかである。

これでゲームオーバーがあれば多少はマシだっただろう。

途中でやめることができて取り繕うこともできたはずなのに、ゲームオーバーはないので最後まで醜態を晒（さら）すことになった。

「はい、圧勝♪　わたしの勝ちだね、お兄ちゃん？」

ようやく曲が終わって、すぐに俺は頭を下げる。

「すいませんでした、ゲームを舐（な）めてましたっ」

数分前の自分を殴り飛ばしたい。それくらい今、さっきの発言が恥ずかしくなっていた。

「……ぎゃふーん」

そんな俺にみるくちゃんは容赦しない。

「ぷふっ……もうダメ、あははははははは！　お兄ちゃんの動き、あれどうやってたの!?　ぎゃ、ぎゃふんだよ～。面白すぎて『ぎゃふん』って初めて言っちゃったよっ」

ものすごく爆笑していた。

「どう？　嬉（うれ）しい？　ぎゃふんって言っちゃったな～」

「……ご、ごめんなさい」

たぶんだけど、みるくちゃんの地雷を踏んだのかもしれない。

彼女の大好きなゲームを俺は甘く見ていたのだ。表情では見えないが内心では結構怒っているのだろう。

「じゃ、次も行くよー！　勝負は五本勝負だよねっ？」

「ご、五本⁉」

「大丈夫、『所詮』ゲームだよお兄ちゃん。次こそわたしに勝てるよ！」

根拠のない応援に頬(ほお)が引きつる。

「がんばってね？　ファイトだよ！」

満面の笑顔で応援されては断ることはできなかった。

「がんばり、ます……」

それから授業が終わるまで、俺はみるくちゃんに負け続けた。彼女や周囲のギャラリーが楽しそうだったのが唯一の救いである。

そうして、ようやく授業が終わった直後のことだ。今まで一緒にゲームをしていたみるくちゃんが不意にいなくなった。

あれ？　と思いながら彼女を探していたところで。

「利孝(りこう)、最高じゃったぞ！　笑わせてもらったのじゃ」

ずっと腹を抱えて笑っていた葛葉(くずは)ちゃんが俺に声をかけてきた。

「ははっ」

乾いた笑顔しか返せなかった。

「あそこまで醜態を晒（さら）したのじゃからな！　精一杯笑ってやったのじゃ」

せめて道化にでもなれたのなら本望である。

「みるくちゃん、上手だったな……まったく歯が立たなかった」

その時、葛葉ちゃんはきょとんとしたように首を傾（かし）げる。

「当然じゃろう。みるくは『プロゲーマー』じゃぞ？」

「……ぷ、プロゲーマー？」

「やっぱり知らなかったのじゃな」

それから葛葉ちゃんはみるくちゃんについて少しだけ教えてくれた。

どうやらみるくちゃんは、音ゲー関連のゲームをリリースしている企業とスポンサー契約を結ぶ、プロのゲーマーであるという。

見た目はしっかり小学生だが、ゲーマーとしてのパフォーミングも鮮やか、かつイベントなどのトークも軽やかにそつなくこなしているらしく、この筋の人からは絶大な人気があるようだ。

立ち位置としてはゲーム実況者とアイドルとパフォーマーの中間くらいらしい。サブカル関連が大好きな葛葉ちゃんはみるくちゃんのことも知っていたようだ。

ゲームを仕事にしている子なのである。俺はそんなみるくちゃんの前でゲームを軽んじた発言をしたのだ。

彼女が怒るのも無理はない。きちんと謝る必要があるだろう。

その後すぐ、葛葉（くずは）ちゃんにお礼を言ってからみるくちゃんを探した。彼女は既にゲーム室を出ているようだ。

俺は近くに設置されている自動販売機からジュースを購入して、彼女を追いかけた。

「みるくちゃん、少しだけおしゃべりに付き合ってくれない？」

追いついて、彼女にジュースを差し出す。おしゃべりの代価のつもりだった。

すぐ近くには休憩用のベンチもある。そこで話をする時間がほしいと告げた。

「……えー？　どうしよっかな～？」

みるくちゃんはいたずらっぽく笑って、それからベンチに座る。

「なんてね。うん、ちょうだいします」

彼女は俺からジュースを受け取ってくれた。怒りはゲームの時にどうにか発散してくれたのだろうか。機嫌は直っているように見えた。

「ありがとう。引き止めちゃってごめんね」

俺も彼女の隣に腰を下ろす。

隣り合って座ると、みるくちゃんはぐっと距離を詰めてきた。

「ううん。気にしないでいいよ……むしろ、話しかけてくれてこっちこそありがとうって感じだもん」

ちょっとだけ低くなった声音。何か後ろめたさがあるような様子である。

「ごめんなさい、お兄ちゃん……むきになっちゃいました。楽しんでもらいたかったのに、『おとなげ』ないことしちゃって」

ぺこりと、頭が下げられる。彼女は彼女で俺をボコボコにしたことを悪いと思っているようだ。

大人気ないという言葉を小学生にしか見えない子から言われるのは違和感があったが……その言葉から察するに、ゲームを生業にしている者として初心者をボコボコにしたことに何かしら思うところがあったのだろう。

「いやいや、悪いのはこっちだから。そもそも俺がゲームを甘く見てたのが悪いんだし、落ち込まれるとそれこそ申し訳なくなるよ。俺の方こそごめんなさいさせて」

俺も頭を下げて謝っておく。自販機のそばに設置されてあるベンチで、俺とみるくちゃんは二人してぺこぺこしていた。

変なこそばゆさを感じる。それに耐え切れなかったのかみるくちゃんが声を上げた。

「じゃ、じゃあ、お互い様ということで！　もう謝るのは終わりにしよっ？」

直後、彼女は俺の差し出したジュースを一気に飲んだ。

小さな喉が上下に動く。勢い良く飲んだが、一口が小さくて全部は飲み干せてはいなかった。

「ふぅ……はい、お兄ちゃんも飲んで？」

「……うぇっ!?」

飲みかけのジュースが手渡される。これに口をつけると間接であれになるので、すぐに動くことはできなかった。みるくちゃんは気にしないタイプなのだろうか。

口をつけることはできずに、ジュースを持ったままとなる。

この状態でみるくちゃんの話が始まった。

「お兄ちゃん？　今日、とっても楽しかったよっ」

「……怒らせたのに？」

「それでもやっぱり楽しかったもん。お兄ちゃんとゲームできて、心がギュッてなった」

胸元を握り込むみるくちゃんは、今までの無邪気さとは少し違う微笑を浮かべる。

まるで、別人のように。

「昔みたいだなって、思った」

大人びた微笑だった。

「――っ」

思わず目を奪われてしまう。感じていたあざとさがなくなり、俺は困惑していた。

「昔みたいって……？」

「お兄ちゃんとわたしの出会い。昔ね、よく一緒にゲームセンターに行ってたんだよ？　あのころからお兄ちゃんはゲームがへたくそで、だけど負けず嫌いで自信過剰だから、何回も勝負してた……とっても、楽しかった」

それは、消えた思い出。失くした記憶の中にある彼女との絆だ。

「お兄ちゃんは、変わってない。わたしの大好きなお兄ちゃんのままだね」

ふと、思い出す。俺とゲームができることになってみるくちゃんはとてもはしゃいでいた。あれは本心から喜んでいたのだろう。

それが分かるくらい、今の言葉に思いが詰まっていた。

「……その思い出、忘れてるのが悔しいよ」

みるくちゃんと一緒にすごした時間はきっと楽しいものだったはず。そう思うと失くしたことが残念で仕方ない。

でもみるくちゃんはゆっくりと首を横に振る。

忘れていても気にしないでいいと、そう言うかのように。

「ちょっとだけ残念だけど、今の状況はわたしにとってチャンスでもあるんだよ」

「チャンス？」

「わたしはずっと、お兄ちゃんの『妹』みたいでしかなかったから」

かつての話、なのだろうか。俺の忘れている記憶の中でみるくちゃんは『妹』だったと口にする。だからこの子は俺を『お兄ちゃん』と呼んでいるみたいだ。

「恋愛対象になんて見てくれなかったもんっ。だから、今度こそお兄ちゃんに意識してもらえるようにがんばるの」

みるくちゃんは拗ねたように頬を膨らませていた。

「わたし、お兄ちゃんのことが大好きなんだからね？」

「──っ」

その言葉に、心臓が跳ねた。飾り気のない露出された思いにドキドキしてしまった。

この子の見た目は子供だ。普段の言動も無邪気な子供そのものだ。あざといほどに、露骨なほどに、子供っぽさを彼女は体現している。

だが、だからこそ──みるくちゃんは読めなかった。

もし本物ロリであるなら、こんなにも子供っぽく振る舞うのだろうか？　普通はもっと偽って大人びたそぶりを見せるのではないだろうか。

もし合法ロリなら、どうして大人っぽさを前面に出さないのだろうか？　本当に大人だから、あえて自分を装飾する必要はないということだろうか。

どちらとも読み取れる。どちらにも思える。

だから俺は、その告白を受け止めるしかなくなるのだ。子供だからと逃げることも、合法ロリだからと聞き入れることも、俺にはできなかった。

まったくもって読めない。

「お兄ちゃんは、私が子供かどうか知りたい?」

ほら、ここで核心に迫るようなことを聞いてくるところも、理解不能だ。

「知りたい、けど……」

「そっかー? でもね、お兄ちゃん。どっちでもいいと思わないかなっ?」

戸惑う俺にみるくちゃんはぐっと近づく。

「もしわたしが本当に子供でも、お兄ちゃんに選んでもらえたらたくさんいいことしてあげるよ? いっぱいお兄ちゃんを楽しませてあげるのっ」

ベンチ上で、もはや距離はゼロだった。

腕と腕が密着してもなお彼女は俺にくっついてくる。その仕草が、潤んだ瞳が、ほのかに染まった頬(ほお)が、大好きという気持ちを痛いほどに伝えてくれた。

「他のみんなも、きっと同じ気持ちだと思う。もし選んだ相手が本当に小学六年生だった場合は、お兄ちゃんの夢を奪っちゃうことになるかもしれない。でもね、それ以上の幸せを約束するの」

言動がトリッキーだった。そのセリフはどっちだから言えるのだろう?

本物ロリだから? 合法ロリだから?

いや、どっちだっていいのだ。みるくちゃんはどっちでもいいから、自分を選べと言っているのである。

「わたしを好きになってもいいんだよ?」

その発言に俺は何もかもが分からなくなった。

——勝てない。

みるくちゃんには、たぶん勝てない。一枚も二枚も彼女の方が上手だった。

安易に判断するのは危険だ。

普段の言動は子供そのもの。子供としか思えない振る舞いしか見せない。

しかし『プロゲーマー』として彼女は社会的な地位を確立しており、そのあたりは子供らしからぬと言えるだろう。

そして何より、読めない言動が天然なのか計算されたものなのか、それさえも分からないことが危険だと感じた。

みるくちゃんが合法ロリか、否か——それは今判断するべきではないのかもしれない。

「……えへへっ。そういうことだよ、お兄ちゃん?」

そう言って彼女はベンチから立ち上がり、俺にくるりと背を向けた。

「そろそろ授業始まるから早く行こっ」

いつもの無邪気であどけない笑顔が俺に向けられる。

「あとね、わたしは間接キスとか気にしないから」

「え？　あ、いや……」

そして、いたずらっぽい言葉に俺は脱力してしまった。どうやら俺がずっと意識していたことを見抜いていたようだ。

本当に彼女は分からない。

「べ、別に気にしてないし」

だから俺は、先延ばしにする。

みるくちゃんが合法ロリかどうかの判断は――『保留』にしたのだ。

「あ、それと、放課後は一緒にゲーセン行こうねっ。もっと遊ぼうよ！」

「え？　でも……」

「さっき勝負で負けたらなんでもするって言ったでしょ～？」

「そ、そうだね。うん、分かった」

「にゃははっ。やった！」

それから、放課後一緒に遊んだ時にも観察してみたのだが、結局この日も試練について核心に迫れるような情報を得ることはできなかった。

試練の期限はあと五日。誰が合法ロリなのかは、まだ手がかりすらつかめていない――。

第四話　観察その三『入江梨恵ちゃん』

試練三日目、水曜日となった。

試練の方は相変わらず難航しているのだが実習生活の方はとても順調である。クラスの子たちとも少しずつ打ち解けてきたし、楽しい時間を過ごせていた。

特に許嫁（いいなずけ）候補の四人とはとても仲良くなれた気がする。一之瀬（いちのせ）先生の計らいで、四人と接する機会が多かったおかげだろう。

給食の時間も、俺は四人の近くでごはんを食べるように先生が指示してくれていた。本当にありがたい……先生の協力にはとても感謝だ。

「……なんで給食のカレーってこんなに美味（おい）しいのじゃろう？」

「んっ……ルナも、カレー好き。くーちゃんといっしょ」

この日の献立は児童たちからも大人気のカレーである。食の細いルナちゃんでもカレーだけは特別なようで、食べるペースがいつもより速かった。

「おかわりもたくさんあるぞー。六浦（ろくうら）も、いっぱい食べていいからなっ」

先生が残りを確認して声を上げると、真っ先に動いた子の中に二人もいた。

「やったー！　おかわりするっ」

「私も食べるわ。たくさん食べて大きくなりたいもの」

みるくちゃんと梨恵ちゃんは食欲旺盛みたいだ。食べ盛りの育ち盛りなのだろう。

「二人はよく食べるのう……じゃから、発育も良いのかもしれんな」

「そう？　私のおっぱい、大きくなってるかしら？」

「……ルナはね、まだぺったんこです」

「ルナルナはいっぱい寝てるし、今からだよっ。寝る子は育つって聞いたことある！」

……ちょっと入りにくい話題だなぁ。女子学校だからかたまにこういう会話も聞こえてくるので、俺としては居心地が悪かった。

「俺も、おかわりしようかな」

そそくさと席を立っておかわりをよそう。席に戻ると、四人からの視線がこっちに集中していた。

「やっぱり男の人はたくさん食べるのね。見ていて気持ちが良いわ」

「ルナ、あんまり食べられないので、そんけーする」

「お兄ちゃんになら手料理でも作りがいありそうっ」

「利孝みたいに大きくなるには、しっかり食べないとダメじゃな」

女子学校ということで、男性である俺はちょっと注目を集めがちだった。彼女たちからしてみると何気ないことでも大層なことに見えるらしい。少しこそばゆかった。

「せんせぇ？　あーんして？」

と、ここでルナちゃんがとんでもない行動に出た。

彼女はなんと、俺のトレイからカレーをすくって俺の口元に差し出してきたのだ。いきなりスプーンが向けられてかなりびっくりしてしまった。

「……え？　な、なんで？」

「ん。せんせぇ、いっぱい食べるので……ルナも、おてつだいする」

なるほど。たくさん食べるのはたいへんそうに見えたようで、お手伝いしてくれるらしい。気持ちは嬉しいけど、流石にあーんされるのは照れる。

あと、間接キスにもなるのでちょっと困った。

「むむっ。じゃ、じゃあわしも……ほれ、利孝。あーんするのじゃ」

葛葉ちゃんも便乗してくる。ああ、これはまずいパターンだ……っ！

「にゃはっ。お兄ちゃん、間接キスとか気にしないで、パクっと食べていいんだよ？」

「ルナさん、ナイスアイディアよ。私も食べさせてあげたいわ」

そうして俺は、四人から『あーん』するのを要求されることになった。クラスのみんなも俺がどうするのか興味津々のようで、こっちを凝視している。

さすがにそれは恥ずかしかった。

「せ、先生！　確か不純異性交遊は禁止でしたよね⁉」

「ふぇ？　六浦、キスまでは不純じゃないぞ？　むしろ純愛なので大丈夫だと思う！　ほら、先生は大人だし？　あーんくらいで騒げないな～」

くっ、ダメだ。一之瀬先生は大人ぶって俺を助けてくれなかった。キスどころか手も繋いだことがないとか言ってたくせにっ。

とにかく、あーんされるのはやっぱり難しかった。

「だ、大丈夫っ……食べるの好きだし、たいへんじゃないから！」

それだけを言って自分のスプーンを動かす。しかしみんな不満そうに頬を膨らませかけていたので、クラスのみんなには聞こえないように小声で言葉を付け足した。

「今度……みんながいないところでなら、お願いするかも」

なんだかんだ気持ちは嬉しい。拒絶するのは心苦しいので、せめてクラスのみんなが見ていない場所でなら――と、彼女たちに伝えたのである。

そうすればみんなは機嫌を直してくれた。

「ん、わかりました。ルナ、がまんする」

「しょうがないやつじゃな。また今度にするのじゃ」

「お兄ちゃんのへたれ～。にゃは、三度目は逃がさないんだからっ」

「りっくんは恥ずかしがり屋さんね。かわいいわ」

ふぅ、どうにかやりすごせた……問題が先送りになっただけの気がしないでもなかったが、その時のことはその時の自分に任せよう。

そのまま食事が進む。その中で、梨恵ちゃんがこんなことを口にした。

「そういえば、りっくん……昨日の放課後はみるくさんとお楽しみだったらしいわね。羨ましくてしょうがないわ」

「お、お楽しみって……ニュアンスがちょっと違うような」

昨日はみるくちゃんとゲームセンターに行った。梨恵ちゃんはそのことを言っているのだろう。

「にゃはっ。いっぱいお楽しみしちゃいましたっ！」

「みるくちゃん、だからそのニュアンスはちょっといけないと思うんだけど……」

「……せんせぇ、なんで『おたのしみ』はダメなのー？」

「ルナ。お楽しみとはな、破廉恥という意味じゃぞ？」

「はれんち？　はれんちはたのしーの？」

「違うからっ。葛葉ちゃん、変なこと言わないで……」

ともあれ、梨恵ちゃんは俺とみるくちゃんが遊んだことに少し嫉妬しているようだった。

「私も、りっくんとお楽しみなことしたいのに」

「だからお楽しみは……いや、もうそれでいっか」

訂正することは諦める。とにかく梨恵ちゃんは俺と遊びたいようだった。

「みるく……どんな感じのお楽しみじゃった？」

「えっとね～、いっぱい汗かいたよっ」

「……ルナね、せんせぇとはれんちなことできる？」

何やら盛り上がっている三人はさておき。俺は梨恵ちゃんに言葉を返す。

「時間がある時に声かけてくれたら、いつでも付き合うよ？」

試練のこともあるしここらで梨恵ちゃんともおしゃべりしてみたい。ちょうど良いタイミングだと思った。

「あら、火遊びしてくれるの？」

「火遊びって言葉はどうだろうなぁ」

発言がおませである。軽口、というよりはなんとなく照れ隠しのようにも感じた。

「とっても嬉しいわ。早速で悪いのだけれど、今日の放課後なんてどう？」

「放課後？　うん、大丈夫」

「良かったわ……ごめんなさいね、時間を取らせちゃって」

梨恵ちゃんは嬉しそうに微笑んでいる。

「気にしないでいいよ。俺も梨恵ちゃんと話がしたかったし」

「りっくん……そう言われたら嬉しくて頬(ほお)が緩んじゃうわ。やめて」

梨恵ちゃんの頬は少し赤くなっていた。やっぱり照れているような気がする。

分かりやすい反応にこっちまで照れそうだった。

「そ、それで、放課後は何するの？」

取り繕うように頬をかきながら、何をして遊ぶのか問う。そうすると彼女はこんなことを言うのだった。

「野球、しましょう？」

ということで、俺は梨恵ちゃんと野球をすることになった。


この日は偶然にも野球部が遠征の日だった。だからグラウンドも許可さえもらえば気兼ねなく使える。

いや、偶然かどうかは疑わしいか。梨恵ちゃんが誘ってきたのである。グラウンドが空いていることを事前に知っていたとしてもおかしくはない。

「野球……か」

ベンチで、借りたグローブを眺めてみる。学校の備品らしく梨恵ちゃんが持ってきてくれた。

ちなみに彼女は今いない。運動できる格好に着替えている。俺も運動できるようジャージに着替えて、ちょうど到着したところだった。

「久しぶり、なんだよな」

言葉が曖昧なのは俺に記憶がないから。事故にあうまで俺は野球をしていたと聞いている。幼少期からやっているため野球の記憶も少しはあった。

だが小学校六年生から中学校二年生までの記憶がないため、そのあたりに野球をしたという実感がなかった。事故以来、野球とは遠ざかっていたし……体感的には結構久しぶりである。うまくできるだろうか。

「お待たせ」

考え込んでいたところで梨恵ちゃんがようやくやって来た。色々と荷物を抱える彼女は、制服から運動がしやすそうな格好に変わっていた。

下は太ももくらいの短パンと、膝上まであるソックス。上はパワーシャツというぴっちりしたインナーと、ウィンドブレーカーを羽織っていた。

「準備万端だね」

「ええ。りっくんと野球できるかもと思って、ドキドキしながら用意してたの」

荷物を置いて梨恵ちゃんはグラウンドへと出る。

「まずは準備運動しましょう?」

それからグラウンドを走ってストレッチをした。軽くキャッチボールするだけかなと思っていたが、梨恵ちゃんは本格的な準備運動をしっかりとこなす。

怪我(けが)の防止を徹底しているようだ。

「梨恵ちゃんはこの学園の野球部に所属してないの？」

ストレッチをしながら、彼女のことを探ってみる。

今日は学園の野球部が遠征している日だ。そのおかげでグラウンドも使えている。とはいえ、梨恵ちゃんもこの場にいるということは、すなわち学園の野球部でもないということになるわけで。

「ええ。私はアンダーリーグに所属してるから」

「へ？　梨恵ちゃん、アンダーリーグの選手なの!?」

「そうなってるわ」

さらりと言われたが俺はかなり驚いていた。アンダーリーグとは、いわゆるプロ野球チームの下部リーグである。

テレビなどでもよく見る一軍、その予備戦力である二軍と三軍の下に、アンダーリーグというのが最近できた。

アメリカのマイナーリーグを参考にして作られた新しいリーグだ。なんでも、学校に通っている子供たちが所属できるらしく、将来的にプロ選手として活躍できるようにより専門的な指導をしてくれるらしい。

　契約金や給料などもある。つまり梨恵(りえ)ちゃんは、

「プロ野球選手ってことになるのかしら」

　そう。野球でお金をもらっているのだから、プロのスポーツ選手と言っていいだろう。

「すごいな……」

　素直に驚いた。同時に尊敬もした。

　アンダーリーグは十歳から十八歳まで所属できる。しかし人数が限られているので、相当な才能がない限りスカウトされることもないだろう。

　梨恵ちゃんは野球がかなり上手なのだ。

「今のうちにサインもらっておこうかな」

「ほしいのならあげるわ」

　でも、と彼女はこちらに視線を向ける。その目は爛々(らんらん)と輝いていた。

「その代わりに、私もりっくんのサインがほしいわっ。グローブとバットとボールとバッグと帽子に書いてくれるかしら？」

　冗談ではなく真面目にお願いされてしまった。

「お、俺のでよければ」

「本当にっ？　嬉(うれ)しいわ……ふふ、ありがとう」

嬉しそうに微笑んでいるのだが、彼女が俺のサインをほしがる理由が分からない。

うーん、まだ梨恵ちゃんの人間像が見えなかった。もっと彼女のことを理解しないと。

「ちなみに梨恵ちゃんのポジションはどこなの？」

ストレッチが終わって、グローブを取りにベンチへと戻りながら問いかける。

「……りっくんはどこだと思う？」

「んー……そうだなぁ」

逆に質問されたので考えてみる。

梨恵ちゃんはなかなか小柄だ。体格も全体的に細めである。しかしプロとして才能を認められているのだから技術はあるのだろう。

小柄で技巧派な選手が守る守備位置と言えば。

「セカンドかな？」

二塁手。通称セカンドと呼ばれる、一塁ベースと二塁ベースの中間のポジションだ。外見から判断するならそこしかないと思う。

「そう見えるのね。ふふ、じゃありっくんを驚かせることになるのかしら」

しかしどうも違うようだ。

梨恵ちゃんは小さく笑いながら、カバンからグローブを取り出す。そのグローブは普通のよりも太くて丸みを帯びた形状をしていた。

「キャッチャーミット……っ！」

普通のグローブと比較して厚めに作られた捕手専用のグローブ。それを取り出したということは、すなわち。

「ええ、私はキャッチャーよ」

入江梨恵ちゃんという野球選手は、小柄で細身ながらに『キャッチャー』というポジションを守っているらしい。これはまた予想外だ。

キャッチャー、またの名を捕手と呼ばれるそのポジションは、ピッチャーの真正面で投げられたボールを受ける選手である。マスクやプロテクターなどの防具を着ているのが特徴だろう。

このポジション、通常なら体格のいい選手がやるポジションだ。なので梨恵ちゃんが捕手であることにとても驚いてしまった。

「そんなに意外かしら？」

「いや……うん、正直に言うとびっくりしてる」

「そう。驚いた顔も素敵よ」

ミットを軽く叩きながら梨恵ちゃんはグラウンドへと出ていく。

「早くキャッチボールしましょう？」

「あ、うん。分かった」

驚きも消えてはないが促されるままに俺もベンチを出た。そのまま少し離れると、梨恵ちゃんがボールを投げてくる。

「肩慣らしは大事よ。ゆっくり体を温めましょう？」

胸元に正確な送球が来た。モーションの小さい投げ方はいかにもキャッチャーっぽい。

ミットもしっかりと使い込まれているようだ。この独特なグローブは普段から使っておかないとボールを取りにくいのである。

俺も野球経験者だから分かる。どうやら本当に梨恵ちゃんはキャッチャーのようだった。

「少しずつ距離を取っていくから」

こちらからもボールを投げる。久しぶりだったがやはり体は覚えていたようだ。

しっかりと送球に成功する。

そして梨恵ちゃんがボールを受けると同時に『スパーン！』といういい音が響いた。

「ナイスボール」

ボールが返ってきたので、もう一度投げる。

するとやはり、ミットは『スパーン！』という耳心地のいい音を響かせた。この音、ミットの芯と呼ばれるスポットで取らないとなかなか鳴らない。

つまり梨恵ちゃんのキャッチングが非常に良いという証明である。

「おお……」

投げていてとても気持ちが良かった。やはりプロに見初められるだけはある。この子、キャッチャーとしてかなり技術が高い。

送球も小柄なのに力強くて正確だ。加えて、彼女の声かけや表情がとても投げやすい空気を作っていた。

「オッケーよ、いい感じね」

「球が走ってて素敵よ」

「受けてて気持ちいいわ」

一球ごとに柔らかい言葉が返ってくる。こっちの気分を上手(うま)く乗せてくれていた。

「……すごいな」

投げる側から見ると梨恵(りえ)ちゃんはまさに理想である。

――投げてみたい。

ふと、そう思った。この子に全力でボールを投げたら、とても気持ちよさそうだと感じたのである。キャッチボールでは物足りなかった。

「梨恵ちゃん」

ある程度ボールを投げてしっかりと体と肩を温めたところで、俺は梨恵ちゃんにこんなことをお願いした。

「ピッチング、してもいい？」

　実は、俺がかつて守っていたポジションはピッチャーである。野球をしていたのは小学校三年生くらいから事故にあう中学校二年生までだったが、その間はずっとピッチャー一筋だった。

　久しぶりだし本当はピッチングなんてするつもりなかった。しかし梨恵ちゃんのせいで体がうずいた。

　ちょうど彼女はキャッチャーだし、投げてみたいと思ったのである。

「っ……も、もちろんよ」

　俺の提案に梨恵ちゃんは何度も首を縦に振った。

「むしろ、私でいいのかしらって感じだわ……とっても嬉しい」

　唇をもにょもにょとさせて彼女は喜びを表現する。結構リアクションが過剰な気がした。さっきからどうも浮き足立っているというか、そわそわしているような。

とはいえまだ接してみて数日である。

　俺の勘違いの可能性もあるのであまり気にしないことに。

「ふ、ふつつか者だけれど、よろしくお願いするわ」

「うん、よろしく。防具とかは持ってる？」

「ええ。もしかしたらと思って用意してたわ。重かったけれど、持ってきて本当に良かった……ふふっ」

梨恵ちゃんはピッチングすることになってベンチへと防具を取りに戻った。スキップするような足取りである。結構はしゃいでいるようだ。

待つこと少し。しっかりと防具を着た彼女が小走りでやって来た。

「ごめんなさい、興奮していつもより手間取ってしまったわ……」

ヘルメット、プロテクター、レガースを着用した梨恵ちゃん。防具は結構ぶかぶかのように見えたが、まぁ全身は守れているし問題はないか。

「じゃあ、やろっか」

マウンドの方に移動して梨恵ちゃんと向かい合う。彼女はホームベースのすぐ後ろに位置をとって腰を下ろしていた。

マスクもしっかりとかぶって、準備万端である。

「最初は少し、肩慣らしで」

まずは軽めに投げてみる。キャッチボールの時と同じくらいの力加減だ。

ボールはやはり『スパーン！』といういい音を響かせた。

「大丈夫そう？」

「問題ないわ。むしろ物足りないくらいよ」

梨恵ちゃんは俺のボールを難なく捕球する。でも、俺の球は結構速い。今は軽く投げただけだが、小学生レベルのキャッチャーなら間違いなく捕れなかったはずだ。

　少し心配していたがやはり技術的な問題はないようだ。

「……やっぱりいい感じかも」

　肩を回しながら自分の状態を確認する。違和感なく投げられているのだ……この調子ならピッチングをしても大丈夫だろう。

「そろそろ、強めに投げていい？」

　何球か投げてから梨恵ちゃんに合図を出す。

「待っていたわっ。全力でぶつけて……りっくんの、ボール」

　彼女はぐっとミットを構えた。小さいけどかなり様になっている……なんかこっちまで興奮してきた。

「ふぅ」

　息を吐き出して、大きく振りかぶる。記憶はないが体がモーションを覚えていた。蹴り上げるように左足を上げて、軸足である右足にしっかりと体重を乗せる。地に左足が着くと同時に上体を弓のようにしならせ、左手のグローブを引っ張ることで体を勢い良く回転させた。

　遅れてくる右手の指先一点に、力を集中させるイメージで。

　彼女のミット目がけて、全力で。

「………………」

ボールを投げる寸前、全ての思考がなくなった。ずっとピッチャーをやっていた者の性なのだろうか。

この時、この一瞬だけは、ボールを投げることだけに意識が集中した。

「――っ!!」

ボールが放たれる。

現役時代『剛球派』と呼ばれていたらしい俺の球が、まっすぐに。

とても久しぶりなせいで加減が分からなかった。梨恵(りえ)ちゃんというキャッチャーがあまりにも投げやすくて、ついつい力をこめてしまったというのもあるだろう。

俺は小学生かもしれない相手に全力でボールを投球したのだ。

『ドゴンッ』

その時、鈍い音が鳴り響いた。

ミットにボールが収まった時の気持ちの良い音ではない。プロテクターにボールが直撃した衝撃音だった。

つまり、梨恵ちゃんは俺のボールを取れず、プロテクター越しにではあるが彼女の体に当たったということである。

「梨恵ちゃん！」

慌てて彼女の方へ走りよる。

認識が甘かった。梨恵ちゃんなら大丈夫だろうと油断した結果が、これである。

俺が投げたボールは梨恵ちゃんのミットの上を通り抜けて、彼女の腹部に直撃していた。

衝撃のせいか彼女は後方に倒れこんで天を仰いでいる。ヘルメットもマスクも倒れた勢いで外れて転がっていた。

「ごめん、大丈夫!?」

そばにかがみこんで彼女の顔を覗(のぞ)き込む。プロテクターとはいえボールを直接受けたのだ。痛みにうめいていると、そう思ったのだが。

「た……たまらないわっ」

梨恵ちゃんはまったく痛がっていなかった。むしろ快感とでも言いたそうなくらいにとろけた表情を浮かべていた。

「すっごいボール……風を切る音が聞こえたわ。回転数も尋常じゃないし、まるで弾丸みたい。伸びが良くて目測を誤ったわ……衝撃も重いし体が吹き飛ぶなんて初めてよっ。本当に素敵、たまらない……もっと、もっと、もっと、ほしいわ」

彼女の目に俺は見えていない。熱に浮かされたようにぶつぶつと呟(つぶや)いていた。

「り、梨恵ちゃん?」

体を起こそうと手を伸ばす。しかし彼女は逆に俺の手をつかんできた。

「りっくん……ちょうだい？」

とろんとしたような甘い声が響く。

「もっと……もっと、ほしいわっ。体がうずくの。熱くて熱くてしょうがないの。あなたの全力を、もっと受け止めたい。私にもっと、欲望のままに、ぶつけて？」

明らかに様子がおかしかった。

だけどこれは、ボールの痛みによるものではないようだった。

「い、痛みは？　大丈夫？」

「痛み？　そんなものないわ。むしろ気持ち良いの……りっくんのボール、最高よ」

防具によってきちんと守られていたのは間違いないだろう。だとすれば今の状態は興奮しているだけのようだ。

「これよ……これを夢見ていたのっ。りっくん、もっと投げて？　私に全てをぶつけて」

起き上がった彼女はすぐにマスクとヘルメットを拾い、待ちきれないと言わんばかりにミットを構えた。

「遠慮は要らないわ。りっくん、投げて」

「え？　あ、はい」

ちょっと引くぐらい梨恵ちゃんは興奮している。

色々と聞きたいことはある。でもこの状態だと何を言っても無駄なように思えた。

だから俺は、彼女の要望どおりにピッチングを続ける。

「いくよ？」

「早くきて」

二投目は先程よりも少し力を抑えて。しかし、自分で言うのもなんだが俺のボールはかなり速い。力を抑えても小学生には捕れないほどだと思う。

だが、俺の懸念を梨恵ちゃんは平然と跳ね除(の)けた。

「……いいボールだけれど、気を遣っているのが見え見えだわ」

ボールがミットに収まる。また、耳心地の良い音が聞こえた。

驚いた。もう球筋を見極めたようだ。遠慮は要らないという言葉は本当なのだろう。

「……じゃあ、全力で」

一球目と同じくらいの、全力投球を試みる。

抗(あらが)えなかった。

この子にボールを投げていると、久しぶりだというのにピッチングの悦(よろこ)びを感じるのだ。

俺の全てをぶつけたい。梨恵ちゃんなら受け止めてくれる。

そう信じて、俺はボールを投げ込んだ。

『ズドンッ!!』

——そんな音を、俺は初めて耳にした。

ただボールを捕っただけだ。しかしそのミットは、まるで弾丸が発射されたような炸裂音を響かせる。

いったいどれほど絶妙な力加減、タイミング、スポットでボールを受け止めたら、ここまで気持ち良い音が出せるのか。

思わず、鳥肌が立った。

「……素敵っ」

笑顔でボールを捕球した余韻に浸る梨恵ちゃんを見て、俺は呆然としてしまった。この子のレベルは、恐らく俺の想像よりも遥か上にいる。

最初の一球こそ捕れなかったが、それはそれで後ろに逸らすことはしなかった。そしてたったの一球で球筋を覚えて見事に捕球を成功させた。

俺の全力投球を。

中学三年生の頃、懇願されて名門高校のスカウト陣の前で投げることがあった。その際に『化け物』とまで評価された俺のストレートが、平然と受け止められたのだ。

自慢じゃないがストレートだけなら超高校級とも言われたほどである。

プロとしてそれなりの指導は受けているのだろうが、だからといって小学生の子供には絶対に捕れない。その自信があっただけに、彼女の技量を目の当たりにして俺は驚愕（きょうがく）していたのだ。

冷静になって考えてみると明らかに異常だ。こんなに野球の上手な小学生がいるわけがない。経験者として、そう思ってしまうほどの実力を梨恵ちゃんから感じたのである。

「また、か」

分からなかった。

見た目は小学生なのに、こうも高い技術を見せられては疑わざるを得ない。

仮に梨恵ちゃんが俺と同い年なら納得できる。俺のボールを取れてもここまで驚くことはない。だから梨恵ちゃんが合法ロリの可能性も否定できなくなってしまったのだ。

「もっと、楽しみましょう？」

だけど梨恵ちゃんはもっと求めてくる。

ボールを投げろとミットを構える。その魅力に、抗（あらが）うことはできなかった。彼女も興奮しているようだが、久しぶりだというのに俺も高揚していたのだから。

「りっくん、きて？」

「……分かった！」

それからは夢中で投げ続けた。球数にして二十くらいだろうか。グラウンドに、ボールがミットに吸い込まれる音のみが大きく響き渡る。

その間、俺と梨恵ちゃんはお互いに何も言わずにピッチングを続けた。

楽しかった。試練を忘れてしまうくらい最高のひと時を過ごすことができたようだ。

「これくらいにしましょうか」

と、ここで梨恵ちゃんがマスクを取って立ち上がった。

「まだ投げられるよ？」

「いいえ、終わりにしましょう。無理はいけないわ」

本当はもっと投げ込みたかったが梨恵ちゃんがそれを拒んだ。

「私だって残念だけれど、りっくんは久しぶりなのよね？　これくらいにしておいたほうがいいと思うの」

「……そっか。うん、分かった」

確かにその通りなのでピッチングは終わることに。立ち上がった梨恵ちゃんと軽くキャッチボールしてクールダウンした。

クールダウンとは怪我防止のための事後運動である。これをじっくりとやって体を落ち着かせた。

「アイシングしましょう」

キャッチボールを追えてすぐに梨恵ちゃんはベンチへと戻る。

「そこまでしなくていいんじゃない？」

アイシングとは氷のうで酷使した部分を冷やすことだ。これも怪我防止のためにやるものである。試合を終えたピッチャーはよくやっているが、軽くピッチングした程度なのでアイシングをする必要はないと思っていた。

「りっくん。わがまま言ったらダメよ」

「え、あ、うん。ごめん」

たしなめられてしまった……見た目小学生の女の子にそう言われると、自分が子供じみて思えるから不思議だった。

おとなしく言われたとおりにする。

梨恵ちゃんが持ってきていたクーラーボックスから氷を取り出し、氷のうを作ると俺のひじと肩にしっかりと当ててサポーターで固定した。

「二十分から三十分くらいかしら。感覚がなくなったら教えて」

「本格的だね……」

「当然よ。りっくんに怪我されたら私が泣いちゃうわ」

「泣いちゃうんだ……じゃあ気をつけないと」

ようやく人心地ついて、俺と梨恵ちゃんは顔を見合わせる。ベンチで隣り合って座る彼女はぼんやりした表情で俺を見ていた。

「どうかした？」

「いえ……夢を、見ているみたいだと思ったの」

梨恵（りえ）ちゃんは小さく笑いながら、俺の右手をそっと握った。

いきなりでドキッとした。

「ちょ、梨恵ちゃん？」

「温かいわ……やっぱり夢じゃないわよね」

そう言って梨恵ちゃんは俺の手を自分の胸元に持ってくる。

触れた箇所からは、激しい鼓動が伝わってきた。

「ドキドキ、してるでしょう？　私は今、とっても興奮しているの。いえ、今だけじゃない。グラウンドに来てからずっとだわ」

「そんなに野球が好きなんだ」

子供らしいというか、好きなことに熱中しているのかなと思った。

だけど梨恵ちゃんは首を振った。

「いいえ。りっくんと野球ができたから、ドキドキしてるのよ」

「——っ」

不意打ちだった。突然の言葉にこっちまでドキドキしていた。

「お、俺なんて別に大したことないよっ」

「そんなこと言わないで。りっくんはね、私の憧れの選手なんだから」

俺の否定を、彼女は否定する。

「あなたの球を捕るために野球を始めたわ。りっくんに憧れて、いつかボールを捕りたくて、今まで練習をがんばってきたの」

そして梨恵ちゃんは自らについて語ってくれた。

「四年前。とある地方の予選大会、中学一年生で既にエースだったりっくんが投げている姿を、たまたま見かけたわ」

これもまた、あるはずなのに覚えていない俺の記憶の話。

「観客席から見たあなたはとてもまぶしかった。憧れたし、焦がれたわ……堂々とした姿に胸を打たれたの。投げられた一球に心をわしづかみにされちゃって……その時、あなたの隣に立ちたいと、そう願ったわ」

だから彼女は野球を始めたと言う。

「すごい。それ以外の言葉が思い浮かばなかったわ。あなたに近づきたいと、そう思った」

まっすぐすぎる憧憬が俺の心を引きつかんだ。

夢見る少女のような、輝かしい目をした少年のような、二つが入り混じった目に俺は心を奪われてしまった。

「……キャッチャーを選んだのも、俺のため？」

「ええ。りっくんの支えになりたかったの」

俺の支えになるために梨恵ちゃんはキャッチャーを選んだ。

一般的に見ると地味だしあまり目立つこともないポジションである。彼女ほどの才能ならピッチャーでだって大成できたはずだ。

しかし梨恵ちゃんは俺の球を受けるためだけに、キャッチャーを選択した。

「あと、キャッチャーならりっくんにずっと見つめてもらえるじゃない？　それはとても、素敵なことだと思わないかしら」

確かにピッチャーとキャッチャーはずっと向かい合っている。

グラウンド内で誰よりも密接に関係している。キャッチャーは時に『女房役』とも呼ばれるほど、ピッチャーにとってなくてはならないポジションなのだ。

「正直なところ、私は他のみんなよりあなたと過ごした時間は短いわ。少しだけしかしゃべったこともない」

「そう、なんだ」

「ええ。でも、私は誰よりもりっくんのことを知ってるわ。ずっと憧れて、見ていたから……ごめんなさい。これだと少し、ストーカーみたいかしら」

「……そんなことないと思う」

ストーカーなんて微塵も思わなかった。ただ『情熱的』な女の子だと、そう感じた。

「優しいのね。やっぱりりっくんは素敵だわ……ようやく、触れ合えるようになれた。あなたの隣は、誰にも譲らない」

梨恵ちゃんは俺の手を包み込むように握る。

ぎゅっと、手放さないように強く。

「もっと、りっくんの隣にいたい。憧れのあなたを支えられる人になりたいの。だから、許婚には私を選んでくれたら嬉しいわ」

荒々しいと感じるほどに情熱的な思いが俺の思考をかき乱す。

その思いに向き合いたい。でも、梨恵ちゃんが小学生か同級生か分からないから、俺にはどうしようもないのだ。

応えることができずに受け入れることしかできないのだ。

「……梨恵ちゃんはどっちなの？　分からないと、何も言えないんだ」

「ふふっ。ごめんなさい、その答えは絶対に教えないわ」

そこで梨恵ちゃんは俺の手を離して、今度は俺の頭を撫でてくる。

「たいへんだと思うわ。誠実なりっくんにはこの状況が心苦しいと感じるかもしれない。でも、がんばって……あなたは、あなたの心に従って」

慈しむように、あやすように。梨恵ちゃんは俺を応援してくれる。

「それに、逆に考えてみて……合法ロリだからという理由で選ばれた子は、それで嬉しいと思えるかしら？　きっとその子は、合法ロリとか関係なくりっくんに選ばれたいと思っているわ」

それでいて、俺はまたしても彼女にたしなめられた。

「合法ロリってことは、決定的に他の三人と違うところがきっとあるわ。でもそこを強調せず、あえて本物にまぎれているってことは、つまりそういうことなのよ」

「っ……」

教えられて、俺は何も言えなくなる。

彼女の言うとおりだ。ここまで完璧に偽装するということは、少なからず梨恵ちゃんの言うような思いがあるということなのかもしれない。

だから俺はみんなを受け入れて、理解しなければならないのだ。

「もっと見て。私たちのことを……分かって？　その上で私を選んでくれたら、とっても嬉しいわ」

梨恵ちゃんは呆然とする俺の頭を軽く抱擁する。感じた心音に心が落ち着いていくような気がした。

「……うん。がんばってみる、よ」

「そう。りっくんなら大丈夫よ。がんばりなさい」

そこまで言って梨恵ちゃんは抱擁を解いた。ずっと悩んでいたけど少しだけ気分が楽に

なった気がした。

「ありがとう」

感謝を伝えると梨恵(りえ)ちゃんは頬(ほお)を染めて喜んでくれる。

「りっくんのためになれたなら、何も言うことないわ……お返しはまた、こうやって一緒に野球をしてくれるだけでいいから」

「それは、うん。こっちこそお願いしたいくらいだよ」

「ふふっ……今度は怪我(けが)のことも隠さないで、ね？」

「——っ。気付いてたんだ……」

そして俺はまたしても驚かされることになる。梨恵ちゃんは俺の怪我に感づいていたようだ。

四年前。事故にあった時に俺は右肩を強く打ち付けた。その影響で野球ができなくなった。中学三年生の頃に名門高校からもスカウトされていたが、怪我が理由ですべて断っている。最初から行く気もなかったけど。

あれから時間が経(た)って少し投げるくらいはできるようになったが、まだまだ万全の調子ではない。そのことを梨恵ちゃんは見抜いていたからこそ、ウォーミングアップやクールダウンを徹底していたのかもしれない。

俺の心も、体も、全てこの子には見抜かれているようだった。

――分からない。
この子もルナちゃんやみるくちゃんと同様、年齢が分からなかった。
外見は子供だ。でも、野球の技術や情熱的な在り方が子供とは思えなかった。
これは仕方ないだろう……っ。
入江梨恵ちゃん。この子もまた、合法ロリかどうかの判断は保留とすることにした。
今はまったく分からなかったのだ。
これで残す候補は一人となる。
期限は残り、あと四日になった――。

試練四日目、木曜日となった。

試練の期限は日曜日まで……時間がまったく足りていない。今まで三人を観察してみたが結果は散々だった。

鳴海(なるみ)ルナちゃん。水無瀬(みなせ)みるくちゃん。入江梨恵(いりえりえ)ちゃん。いずれの三人も合法ロリか本物ロリか分からずに判断は保留としている。

残すはあと一人。辻葛葉(つじくずは)ちゃんのみだ。

実は彼女こそが合法ロリではないかと、俺は一番疑っていた。

何せ口調が『～じゃ』というような感じで子供離れしている。そして、常に持っている抱き枕というアイテムも子供のイメージからかけ離れていた。

前の三人を保留に判断したのも、葛葉ちゃんを一番に疑っていたからこそだ。

どうにか決定的な証拠をつかみたい。その上で、ようやく俺は彼女たちの気持ちに応えることができるのだから。

「よし、がんばろう」

始業してからも葛葉ちゃんと接触するタイミングを探す。しかしなかなか話をする機会がなく、いつの間にか給食後の長い休み時間になっていた。

この時間なら葛葉ちゃんともゆっくり話ができるはず……そう考えていたのだが、少し考えが甘かったようである。

「せんせぇ？　あのね、ルナにおべんきょー教えてください」

「りっくん、どうか私を助けて……国語の宿題がね、意味不明なの」

「んっ。ルナも、りーちゃんといっしょ……こくご、わかんない」

この前二人とは勉強を教える約束をしていた。いつでもいいよと言っているので断るわけにはいかないし、せっかく俺を頼ってくれているのだから断るつもりもなかった。

試練のことはあるがそれは後回しだ。彼女たちより大切な問題なんてない。

「分かった。一緒にがんばろう」

その会話をみるくちゃんと葛葉ちゃんも聞いていたようだ。

「あー！　わたしもやるっ。お兄ちゃんと勉強していいかなっ？」

「わしも教えてほしいのじゃ」

二人も参加の意思を表明してきた。

「もちろんいいよ。でも、みるくちゃんと葛葉ちゃんなら簡単に解けるんじゃない？　成綪良いって一之瀬(いちのせ)先生から聞いたけど」

「それはそうじゃが……まぁ、暇なのじゃ」

「お勉強って言いつつもお兄ちゃんとおしゃべりしたいだけだから、あんまり深く考えなくてもいいよっ？」

給食が終わった直後の休憩時間はなんと四十分もある。子供たちからしたらやることがなくて時間が余っているらしい。

「そういうことなら、一緒にやろっか」

大勢いた方が楽しいので葛葉(くずは)ちゃんとみるくちゃんとも一緒に勉強することにした。

席に座って、午前中で配布された国語の課題プリントを机に広げる。

「ルナね……文字がおおいと、ねむくなるの」

「ルナちゃんは算数が得意で、国語が苦手なんだ」

「ん……さんすーはだいじょーぶです。でも、こくごはルナにはできません」

彼女は典型的な理系みたいだ。たぶん数学や物理なんかは直観で問題を解けるだろうけど、答えが曖昧な国語や暗記に重点のある社会なんかは苦手なのかもしれない。

実際にルナちゃんは得意不得意の科目が分かれているようで、一之瀬先生はそのあたりを改善したいと前に話していた。

「大丈夫だよ。ゆっくりでも読むことができたら、少しずつ分かってくるから」

そうやって励ましつつルナちゃんにはプリントと向き合ってもらう。彼女は少し飽き性でもあるのでモチベーションを上げてもらうようこまめに言葉をかけてあげた。

「ルナさんの気持ち、痛いほど分かるわ……国語なんて滅びればいいのよ」

一方、全科目不得意の梨恵（りえ）ちゃんは面白い顔をしていた。梅干しを食べた後みたいな表情でプリントを睨（にら）んでいる。

梨恵ちゃんは本当に勉強が嫌いだとか……スポーツは大好きらしいので、こっちは典型的な体育会系と言えるだろう。

「がんばろう。無事にプリントが終わったら、ご褒美あげるよ？」

「え？　じゃあがんばるわっ」

この子にはもうがんばってもらう以外の選択肢がなかった。嫌いな気持ちは分かるけど逃げてばかりはあまり良くない。動機はなんでもいいので、とにかく向き合う時間を増やせばたぶん苦手な感情も薄れてくるだろう。

それまでは俺も付きっきりで教えてあげたい。幸いにしてとてもいい子だし、教えることも好きなので苦とは思わなかった。

そうやって、国語嫌いの二人が一生懸命問題を解いている間に、いつの間にかみるくちゃんは解き終わっていた。

「お兄ちゃん、終わった！　わたしにもご褒美ちょうだいっ」

みるくちゃんは秀才型というか、苦手な科目など一切ないようである。どの教科もクラスで一番か二番の成績という天才っぷりだ。

　俺はどちらかと努力型なのでみるくちゃんがちょっと羨ましかった。

「いいよ。何がいい？」

「なでなで！　ほら、どうぞっ」

「……ちょっと恥ずかしいなぁ」

　とはいえ、それが彼女の所望なので頭を軽く撫(な)でてあげた。あまり慣れていないのでぎこちなかったとは思うのだが、それでもみるくちゃんは満足してくれたらしい。

「にゃはっ。お兄ちゃん、ありがとっ」

　嬉(うれ)しそうな笑顔を向けてくれた。そんなに喜んでくれるなら嬉しいものである。

「わ、私も撫でてもらいたい……がんばるわっ」

「ルナも、がんばります」

　二人もやる気を出してくれたみたいだった。撫でるのは恥ずかしいがこの子たちのためならいくらでも撫でてあげよう。

「り、利孝(りこう)……わしも終わったのじゃ。その、ほれ……頭、空いておるぞ？」

　みるくちゃんに続いて葛葉(くずは)ちゃんも問題を解き終えたらしい。この子は運動が得意ではないらしいが、勉強はそこそこできる万能型と一之瀬(いちのせ)先生から聞いた。

抱き枕を常に持っているので誤解しがちだが、葛葉ちゃんは結構真面目みたいである。

「はいはい、じゃあ失礼します」

葛葉ちゃんの頭にも手を置いてみる。彼女は顔を赤くしていた。しかしみるくちゃんと同じように嬉しそうだった。

「こうしてもらえるのなら、つまらない文章でも読んだ意味があるというものじゃ」

「こらこら……教科書になるような文学って名作ばっかりなんだよ？」

「じゃがな、話が重いものばかりで読んでいて疲れるのじゃ……わしはラノベくらい軽い方が好きじゃのう。美少女がいっぱい出てきて、頻繁にパンチラするくらいがいい」

「それは、教科書に載せるべきじゃないような」

どうも葛葉ちゃんは二次元のコンテンツが好きみたいである……いったいどんな系統のコンテンツを好んでいるのだろう？

試練のこともあるので、本当はもっと質問して葛葉ちゃんのことを知りたかった。でも、ルナちゃんと梨恵(りえ)ちゃんに勉強を教えないといけなかったので、この時は質問ができずにお昼の休み時間を終えた。

もう少し葛葉ちゃんとおしゃべりしたい。そう考えていると、次の授業――『図工』で、タイミング良くその機会は訪れた。

午後一番の授業『図工』が始まる。

「今日は友達の似顔絵を書く時間だぞっ。適当にパートナーを作って描いてくれ」

一之瀬先生の指示で、六年一組の面々は思い思いにパートナーを作っていた。クラスのみんなは仲良しなのかパートナーはすぐに決まっていく。

みるくちゃん、梨恵ちゃんは友達も多いのか、パートナーもすぐに決まってもう描き始めている。ルナちゃんは彼女と同じようなのんびりした子とゆっくり準備していた。

一方、俺が注視している彼女はと言えば。

「ふへへっ。カミラたん、かわいいのう」

抱き枕の似顔絵を描いていた。

「……マジか」

二度見した。しかし何度見ても葛葉ちゃんは抱き枕を椅子に座らせて似顔絵を描いていた。これを堂々とやるとは、メンタルがすごい。

あと、クラスメイトも何も反応しないあたり、常習的にこういうことをしているようにも見えた。たぶんみんな慣れているのだろう。

やっぱり普通とはちょっと違う女の子のようだ。

「く、葛葉ちゃんっ。ちょっといい？」

彼女に近寄って言葉をかける。試練のこともあるが、今は疑問の方が大きかった。

「っ……な、なんじゃ、利孝（りこう）か」

呼びかけに、葛葉ちゃんの体がびくんと跳ねる。びっくりしたようだ。

「友達の似顔絵を描けって一之瀬先生は言ってたけど？」

そう伝えると、葛葉ちゃんは深呼吸してから言葉を返した。

「問題は何もないっ」

堂々と胸を張ってこんなことを言う。

「カミラたんはわしの嫁にして親友じゃからな。お題には合っている」

「それは……どうだろう？」

抱き枕を友達と呼んでいいのかどうか疑問が残る。

別に抱き枕を否定しているわけじゃない。プリントされているキャラクターはかわいいし、ちょっと俺もほしい。

でもここは学校である。

「ＴＰＯって言葉知ってる？」

「横文字は難しいのじゃ。特殊部隊のことかのう？」

特殊部隊じゃないんだよなぁ。

正しくは時間、場所、場合を意味する。学校という教育現場において抱き枕が適切かどうか、という問題だ。

「利孝……わしはな、カミラたんを愛しておる。この子にならば噛まれてもいい。吸血鬼になってしまうが、それはそれで悪くないと思っておるのじゃ」

俺が渋い顔しているのを察したのか、葛葉ちゃんは何やら語り始める。

「大好きな子のそばにいたいと思うのは、間違いじゃろうか？」

うるうるとした瞳と、愛を語る彼女の切ない表情に、俺は心を打たれた。

「間違いじゃない……そっか。カミラちゃんは葛葉ちゃんの友達にしてお嫁さんなのかっ。だったらお題にも合ってる！」

「そうじゃ。わしは何も間違っておらんじゃろう？」

「うん、ごめん。俺は何も分かってなかった」

「良い。謝ってくれるのなら、それで許そう」

「ありがとう！　……ん？　なんで俺はお礼を言ってるんだろう」

なんだか色々とおかしいような気がしなくもないけど。ともあれ抱き枕の似顔絵を描くことに納得した俺は、そのまま彼女の隣にいることに決めた。

試練のこともあるのでもっと葛葉ちゃんのことを知りたかったのだ。

「葛葉ちゃんはアニメとか好きなの？」

「うむ。愛しておる」

お昼休みでの会話や今までの口ぶりからなんとなく察していたがやはりそうらしい。

「アニメが一番好きじゃが、ゲーム、漫画、ラノベも良いのう。そういうコンテンツが大好きじゃ」

いわゆるサブカルチャーにはまっているみたいだ。

「最近はゲームプレイ動画も見るのじゃ。ちょー面白い」

「ああ、だからみるくちゃんがプロゲーマーってことも知ってたんだよね」

「その筋には有名じゃからな」

とても楽しそうに葛葉ちゃんは語る。普段はどこか気だるそうだが好きなことには熱中するタイプのようだ。

「ちなみにカミラたんはみるくのスポンサー企業から出ているゲームのキャラクターでな、かわいいじゃろう？」

「うん。かわいいと思う」

改めて抱き枕を観察してみる。ずっと思っていたが本当にかわいい。

ダークなドレスでポーズを決めている金髪碧眼(へきがん)の幼女だ。確か、吸血鬼で千歳を超えているという設定だったっけ。

「んー……？」

でも、この子を小学生が好きになるだろうか。どちらかといえば大きなお友達向けにデザインされているような。

嗜好(しこう)がやっぱりずれていると、そう感じた。

「葛葉(くずは)ちゃんはこういうのが好き？　日曜日の朝にやってる女の子向けアニメとかは？」

「悪くはないがパンツが見えないからダメじゃ。無防備なカミラたんが好きじゃのう」

即答。これ、小学生が言っていいセリフじゃないな。やっぱり葛葉ちゃんは子供っぽくないような気がした。しゃべり方もそうだが、趣味嗜好がちょっとぶっ飛んでいる。

「そ、そっか」

どう反応していいか分からなかった。さすがにパンツが判断基準になるのは共感が難しい。まだまだ俺のレベルが足りないようだ。

立派な教師を目指す者として、そのあたりも勉強していく必要を感じた。

「うへへ。カミラた～ん」

俺が動揺している間に葛葉ちゃんは似顔絵を描いていく。だらしない顔つきだが手つきはよどみなかった。

嫁とまで言い切るこの抱き枕を葛葉ちゃんはどんなふうに描いているのだろう。

ふと気になって、俺は彼女の後方から似顔絵を見てみることにした。

「――っ!?」

そこには、艶かしい吸血鬼がいた。

絵だというのに心臓が大きく跳ねた。まるで本当に生きているかのような錯覚を受けたのである。それほどまでにこの絵は完成度が高い。触ったら柔らかそうだ。

似顔絵という題材なのにキャンバスの上にはなぜか全身が描かれている。ポーズも抱き枕のものとは明らかに違っていた。扇情的というか、しなを作って明らかに恥じらっている恰好である。パンチラもしていた。

恐らくは葛葉ちゃんの妄想で描かれているのだろう。しかしその絵は、一枚の芸術に近い美しさを醸し出していた。

「おおっ」

感心して思わずうなってしまう。カラーではなく、鉛筆のみで質感なども表現されており、クラスメイトと比較すると明らかに別格だと思った。

小学生ではありえない。

このイラストならお金を出してもいいと、そう思わせるような完成度である。

とはいえ授業は始まったばかり。まだまだ作業途中だろうが、この段階ですでに素人目には素晴らしく映っていた。

まるでプロのような……って、あれ？

「んんっ？」

ふと、このイラストに既視感を覚えた。似たような絵柄のイラストを最近見たような記憶がある。

えっと、確か――前に買ったライトノベルで。

「もしかして……クズ先生？」

「なんじゃ？」

俺の呟きに葛葉ちゃんは返事をする。平然と、まるでそう呼ばれることに慣れているかのように。

「え？　ほ、本当にクズ先生なの!?」

「うむ。あのクズ先生じゃ」

イラストレーター『クズ』。

とあるライトノベルのイラストを担当している絵師さんだ。名前に反して絵柄は柔らかく、また小さな女の子を描いたら右に出る者はいないと言われるほどの人気絵師である。あと、パンチラに命をかけている。ちまたでそう噂されるほどにパンチラへの情熱が熱い絵師さんだ。

ライトノベルの読者なら大抵は名前を知っているだろう。確かメディアミックスされた作品のイラストも担当していたはずだ。

「わしの正体に気付くとは、利孝もなかなか目聡いのう」

「いやいやいや、そりゃあ……ファンだし」

俺も結構サブカルチャー関連のコンテンツが好きである。葛葉ちゃんほどじゃないし、アニメやゲームには手を出せていないライト層だが、時間があればそういうのも楽しんでいた。

「ほう、ファンなのかっ。敬われるのは悪くないものじゃな」

得意そうに胸を張る葛葉ちゃん。もてはやされるのが大好きなようだ。

「クズ先生！　いつもイラスト楽しんでますっ」

「うむ。どれ、握手してやるのじゃ」

葛葉ちゃんの小さな手が俺の手を握る。

「んふふっ」

別に握手してほしいとまでは思ってなかったけど、葛葉ちゃんが満足そうなので良しとしておこう。

「そっかー……葛葉ちゃん、クズだったんだ。すごいなー」

「これ、先生をつけんか。ゴミクズみたいじゃろうが」

と、言いながらも褒められると嬉しいのか葛葉ちゃんはニマニマしている。機嫌も良いようで今なら何でも答えてくれそうだ。

試練のこともある。葛葉ちゃんのことを知るために、こんなことも聞いてみた。

「葛葉ちゃんはどうしてイラストレーターになったの？」

きっかけや目的を知りたかったのだ。そこに合法ロリのヒントがあるような気がしたのである。

「理由……そうじゃのう」

葛葉ちゃんは少し考え込むように黙って、それから一言。

「利孝が褒めてくれたからじゃな」

そして語られるのは、俺が知っているはずなのに覚えていない記憶の話だった。

「え？　前も俺、葛葉ちゃんのイラストを褒めてたの？」

「うむ。わしがイラストを本格的に書き始めたのは、利孝が褒めてくれたからじゃ。あの時のイラストは今にしても思えば酷いものじゃったのに、利孝のせいでわしは才能があると勘違いしてな……いっぱい書いてたら、いつの間にかプロになっておったのじゃ」

その口ぶりから察するに、葛葉ちゃんとも過去に親交があったようだ。でも、事故のせいで俺はまったく覚えていない。それが本当に残念で悔しかった。

「……ごめんね、覚えてなくて」

「別に構わん。そう前にも言ったじゃろう？　まったく……利孝のせいではないのじゃ。それに、利孝が覚えていなくてもわしがしっかり覚えておる。それで十分じゃ」

彼女は嬉しそうに笑って再び鉛筆を握りしめた。

「くくっ……まさか、記憶を失くしてもわしのイラストを好きなままでいてくれるなんて……絵描きとしては嬉しい限りじゃ」

俺の言葉が本当に嬉しかったのだろう。このあたりで葛葉ちゃんはかなり気を緩めていた。口も軽くなっていたようで、不意にこんな一言をポロリとこぼした。

「あとな、イラストレーターになった理由は……働きたくなかったからじゃ」

「ええ……」

予想外の理由に頬が引きつった。今、いい話してたのに……ちょっと台無しである。

「とはいえ、働きたくないというのは社会に出たくないという意味じゃ。毎朝同じ時間に起きて、夜遅くまで仕事させられて、疲れているのに飲み会に参加させられて、挙げ句に割り勘で金を払い、家に帰ると寝て、四時間後に起きて会社に行くとか、そんな無限ループのような生活を絶対に送りたくないのじゃ。働くために生きたくない」

社会に出たくない。

そのためにイラストの技術を身につけて仕事にしたということらしい。

「ちょっと極端な社会観だと思うけど……なるほど。そういう生き方もありかな」

生活できるだけお金を稼げるのならわざわざ社会に出る必要もないかなと思った。動機はちょっと特殊だが、それでも人気イラストレーターになるまでの努力も相当なものだっただろうし、結構がんばり屋さんなのかもしれない。

「それに、わしの絵で喜んでくれる利孝みたいなのもいるのじゃ。やりがいもある」

あと、根がとてもいい子だ。

「これからもがんばってください」

一人のファンとしてのメッセージに、葛葉ちゃんは力強く頷いた。

「もちろんじゃ。利孝も、またわしのイラストを褒めるのじゃぞ？　わしは叱られるより褒められて伸びる子じゃからなっ」

そして再びイラストの続きを描き始める葛葉ちゃんを眺めながら、俺はこの子について色々と考えていた。

……話をしていて気付いたことがある。葛葉ちゃんは、自分なりの考えや価値観をしっかり持っているということだ。

小学生にしては違和感があるほどに。

在り方が子供らしくなかった。美少女好きだという趣味嗜好、イラストの技術、『働きたくない』という考え方……これを小学生と評するのは難しいだろう。

やっぱり予想通り葛葉ちゃんこそが合法ロリなのだろうか。今回のやり取りで、その予想が確信へと変わりかけていた。

「……よし」

合法ロリの正体が判明したかもしれない。前の三人はまったく分からなかっただけに、ようやく見えた光明がとても輝いて見えた。

時間はまだある。もっと確信的な言葉を引き出すために、色々と話しかけてみよう。

そんなことを考えた時だった。

「こら、辻！　授業中に枕を使ったらダメだと言ってるだろっ」

少し離れた場所でクラスの様子を見守っていた一之瀬先生がこちらに気付いたようだ。イーゼルの間からぴょこぴょこと顔を出しながら歩み寄ってくる。

先生のほっぺたはぷんぷんと言わんばかりに膨らんでいた。

「六浦！　お前もこういう時は注意しないとダメだぞっ」

「いえ、注意はしました。でも、この抱き枕……カミラちゃんは葛葉ちゃんのお嫁さんにして親友なんです。だから許可しました」

「は？　六浦、頭は大丈夫か？」

説明に一之瀬先生は首を傾げている。俺の発言がまったく理解できていないようだった。

「辻、どういうことなのだ？」

「じゃ、じゃから、カミラたんはわしの嫁で……」

「お題は『友達の似顔絵』だぞ？　お前が描いてるの、似顔絵じゃなくてイラストになってる。そもそも枕は物であって人ではないからな？」

「……うぅ、利孝」

葛葉ちゃんが助けを求めてこっちを見ている。でも、よくよく考えると一之瀬先生の発言におかしな点は一切ないので、俺は何も言えなかった。

「ご、ごめん」

俺に説得はできなさそうだ。

しかし葛葉ちゃんなら……カミラちゃんを深く愛する彼女なら、きっと説得できるはず。簡単にはいかないだろう。だけど、粘り強く諦めずに語れば、一之瀬先生も分かってくれる。さぁ葛葉ちゃん、愛を語るんだ！

「しょうがないのう。ロッカーに片づけてくるのじゃ」

——って、諦めるのかよ！

葛葉ちゃんは思ったより簡単に折れてカミラちゃんをロッカーに片づけた。

「やっぱり抱き枕はダメじゃったか」

そして結構ドライだった。嫁じゃなかったのかよ……抱き枕ってはっきり言ってるし。

「さすがは一之瀬教諭じゃのう。利孝ほど甘くはなかったか」

「何をぶつぶつ言っているのだ？　早く似顔絵を描かないと間に合わないぞ」

一之瀬先生はぷんぷんと頬を膨らませている。あまり怖くはないというか、かわいらしい表情だった。

しかし葛葉ちゃんはたじたじである。

「じゃ、じゃが、パートナーが……」

どうもこの子は教師に弱いようだ。注意されたらおとなしくなるタイプの性格らしい。

だから一之瀬先生の言うことに従順なのだろう。

今もどうにか反論しようとしているのに、気後れしているせいで言葉がおっかなびっくりだった。まるで子供のような態度である。

「……あれ？」

ここで俺は首をかしげた。

言動、趣味嗜好、在り方、イラストの技術などは子供らしくない。そんなわけで葛葉ちゃんが合法ロリかもしれないと思っていた。

しかし叱られるのに弱いという一面が子供っぽくて考えが揺らいだ。本当に、葛葉ちゃんは合法ロリなのだろうか——と。

そしてこの疑念は、次のやり取りで膨張することになった。

「パートナーがいないのか？　だったら六浦の似顔絵を描けばいいぞ」

「にゅぅ!?　あ、その、えっと……ふぇぇぇ」

一之瀬先生の発言に葛葉ちゃんはうろたえていた。あわあわと手を動かして涙目になっている。

「じゃあ、そういうことだぞ。がんばれ、辻（つじ）」

「ふにゃぁ……あんまりじゃ、一之瀬（いちのせ）教諭！」

葛葉（くずは）ちゃんは首をぶんぶんと横に振っていたが、一之瀬先生は無視して別の場所に行ってしまった。

「ご、拷問じゃぁ。こんなのありえないのじゃ」

本気で嫌がっているみたいだった。

その反応に、俺はちょっとだけ傷ついていた。

「え？　そんなに俺の似顔絵は嫌ってこと？」

なんとなく拒絶されたみたいでショックだったのである。

「お、俺ってもしかして、描くのも嫌になるくらい気持ち悪いとか……？」

理由を聞くのは怖かったが後学のためにあえて問う。

俺の夢は立派な教師になることである。だから、どんな答えでも受け止めて改善していく所存だった。

しかしそんな俺の覚悟は無意味に霧散することになった。

「たわけ！　そんなわけなかろうっ」

葛葉ちゃんは荒々しく語調を強くする。

「利孝（りこう）は気持ち悪くなどないっ。その、嫌がっている理由は、あれじゃ……恥ずかしい」

俺を上目遣いで睨みながら、唸るように声を絞り出す。

「大好きな相手の似顔絵なんて描けるか……恥ずかしすぎてわしが死んだらどうしてくれるのじゃっ」

俺が嫌だったわけではない。

むしろ、大好きすぎるからこそ恥ずかしいのだと、彼女は言っているのだろう。

「そ、そう、なんだ……っ」

初々しい態度にこっちまで恥ずかしくなるほどだった。

「……わしの気持ち、前に伝えたじゃろう？」

スカートのすそをぎゅっと握りながらも、彼女は懸命に言葉を続ける。

「本当に、本当に、大好きなんじゃ。会話しているだけではしゃいでしまうくらいに、触れるだけで胸がいっぱいになるくらいな……正直なところ、こうやって話をしていたのが限界だったのじゃ。さっきなんて、頭を撫でてもらったじゃろう？　あの時な、心臓が飛び出そうなくらいドキドキしてたのじゃっ」

「そう、だったんだ」

「触れるのもやっとなのに、見つめ合うなんてできるわけないじゃろっ」

態度はとても不遜に見えていた。しかしそれは、彼女が取り繕っていたほんの表面でしかなかったみたいだ。

「うぅ……好きな人の似顔絵を描けとか、拷問と言わずになんと呼ぶのじゃ⁉　想像しただけで心臓が爆発しそうじゃぁ……」

純粋すぎる。

あまりにも恋愛に対して免疫がないように見えた。

「じゃ、じゃが、一之瀬教諭に言われたし、仕方ないのじゃ……っ」

葛葉ちゃんは何回か深呼吸してから、俺と目を合わせる。

「す、座ってくれるか？」

「え？　う、うん……分かった」

葛葉ちゃんの緊張が俺にまで移ったのか。さっきよりぎこちなくなってしまった。

とはいえ、彼女の方が俺よりもぎこちなくなっていた。

「似顔絵、描くのじゃ……」

顔が真っ赤である。とても恥ずかしいのか視線も右往左往していた。俺を見る、というだけの行為もやっとのようだった。

「り、利孝……なんでそんなにかっこいいのじゃ。まともに見れないじゃろうがっ」

「そ、そんなこと言ってくれるのは、葛葉ちゃんだけだよ……」

お題のためにこっちを見なければならない。しかし恥ずかしくて直視できない。そういう複雑な感情が入り交じっているのだろう。

葛葉ちゃんはちらちらとこっちを見たり、見なかったり、挙動不審だった。

そんな彼女の態度は、演技などにはまったく見えない。

「――っ」

今のやり取りを経て俺は混乱していた。

葛葉ちゃんこそが合法ロリかもしれないと考えていた。しかし、今の反応は……まったく合法ロリらしくなかったのだ。

仮に、葛葉ちゃん以外の許婚(いいなずけ)候補たちに『俺を見て』とお願いしたとしよう。

例えば鳴海(なるみ)ルナちゃんなら、あどけない笑顔で俺を見るだろう。緊張などまったくなく、ふにゃりとした表情で『せんせぇ』と呼んでくれるはずだ。

例えば水無瀬(みなせ)みるくちゃんなら、無邪気な笑顔で俺を見るだろう。あるいは俺をからかうかのように、距離さえもぐっと詰め寄ってくるはずだ。

例えば入江梨恵(いりえりえ)ちゃんなら、穏やかに微笑(ほほえ)みながら俺を見るだろう。ただ静かに、逆に俺が目を逸(そ)らすくらいにジッと見つめてくるはずだ。

それらと比較して、

「くう……ゆ、指が震えて線が引けないのじゃっ」

葛葉（くずは）ちゃんはまともに俺を見ることすらできない。

他の子たちよりも明らかに『うぶ』だった。

合法ロリだけど恋愛に慣れていない、と納得できないこともない。しかし他の許婚（いいなずけ）候補の反応を見ているだけに、その反応がとても幼くて子供っぽいと感じてしまったのだ。

分からない。

俺は葛葉ちゃんを合法ロリだと断ずることができなくなった。俺へのリアクションのみを切り取るなら、他の子の方が大人びて思えたのである。

——保留だ。

だから俺は、彼女の判断も先延ばしにしてしまった。辻（つじ）葛葉ちゃんを合法ロリだと断ずることができなかったのだ。

「……な、なんじゃ、そんなに見つめおって！」

「え？　あ、ごめんっ」

「気をつけるのじゃ……わしが緊張して倒れないようにな！」

情けないことで胸を張る葛葉ちゃんに、俺は苦笑することしかできなかった。

「分かった。気をつける」

「ま、待て。今のなしじゃ。適度になら、見つめても良い……なんだかんだ、利孝（りこう）に見られると嬉（うれ）しいからのう」

ともあれ、なんというか。

葛葉(くずは)ちゃんはとてもかわいい女の子だと思う。こんな魅力的な彼女の思いに応えるためにも……しっかりと、合法ロリを見極めなければならないと、そう決意するのだった。

期限は、あと三日——。

実習五日目、金曜日。

やばい。俺は今とてつもない焦燥感に駆られている。その原因はもちろん『徳田院後継者試練』にあった。

四日かけて許嫁候補である四人と接して合法ロリ探しを試みた。しかし期待していた成果は得られなかったのだ。

むしろ理解すればするほど謎が深まるという悪循環に陥っているようにも感じた。もっともっと彼女たちのことを知らなければならない。そうしないと紛れている合法ロリを判別できないだろう。

だから今日も、放課後は彼女たちと過ごしたいなと思っていた。

「せんせぇ……ルナね、今日は『けんきゅー』です」

「お兄ちゃん、ごめんなさいっ。放課後はイベントで司会しないとダメなの」

「りっくん、残念だけれど無理だわ。練習が入ってるのよ」

「利孝(りこう)。二人きりでどこかに行くとか、わしが死んでもいいのか?」

意気込んだはいいのだが早速全滅した。みんな忙しいらしい……これはっかりはしょうがないことである。

その代わりというか、みんなは週末に予定を空けているらしく、土曜日と日曜日には長く時間を過ごせるようだ。何か予定を考えておいてとも言われた。

勝負はその時に仕掛けるべきだろう。

「参ったな」

今日の放課後は会えないということだったので、せめて学校にいる間はいつもより踏み込んで接しようとした。だがそれでもうまくいかなかった。

「仲良くなれたとは思うんだけど……」

気付けばもう放課後だ。一之瀬(いちのせ)先生の教員室で、俺はソファに座ってうなだれていた。

「分かんないぞ、これは」

疑えば疑うほど思考がぐちゃぐちゃになっていく。彼女たちはいずれも『本物ロリ』みたいな幼さがあり、『合法ロリ』みたいな大人らしさがあるのだ。

小学校六年生という年齢は大人に変化しかけている時期である。子供と大人という二つの要素が混在していて、未熟な俺には見抜けられないのだ。

手詰まりだと、そう思った。

「ふぅ、今日も一日がんばったぞい……って、六浦？ まだ残ってたのか？」

一人でぼんやりしていると、職員室で作業していた一之瀬先生が帰ってきた。

「……すいません」

気付かないうちに時間が経っていたようだ。もう帰らないといけない時間である。

あー……時間がない。本当は今、週末の予定を考えてから、じいさんを経由してあの子たちに予定を伝えないといけないのに。

「六浦、どうかしたのか？ 悩んでるような顔をしているぞ」

そんな俺の様子を一之瀬先生は瞬時に察したようだ。

「とりあえず座っていろ」

「え？ でも、帰らないと……」

「帰りは車で送ってやる。だから、ちょっとだけ休んでいけ」

俺の頭に軽く手を置いて、先生はぐっと顔を近づけてくる。

「前に言っただろ？ いつでも相談に乗ってやる――って」

先生はそう言って安心させるように笑いかけてくれた。

「大人でレディーな先生に頼ってもいいんだぞ？」

……幼い外見だけど、車の免許を持っている先生は本当に大人なのだと認識させられた。

そして、一之瀬苺という教師がとてもいい先生だということも改めて実感した。

俺に親身になって、寄り添ってくれる。その心遣いが今はとても嬉しかった。

「ありがとうございます……お言葉に甘えてもいいですか？」

「任せろっ。先生、甘えられるのが大好きなんだ」

少し乱雑に頭をなでられて、ようやく肩の力が抜けたような気がした。一人で悩んでいてもしょうがない。何も思いつかないのなら、他人の力を借りればいいのだ。

ここは遠慮などせずに一之瀬先生の好意に甘えよう。

「前に説明した試練のことについて、行き詰まってて……」

「六浦の試験って、合法ロリを探すって内容だったな？」

先生は部屋に置いてあるコーヒーメーカーからコーヒーをカップに注ぎながら、俺の話を聞いてくれた。

「悔しいんですけど、彼女たちの内面を知れば知るほどに誰が合法ロリか分からなくなります。未熟な自分が恨めしいです」

「それは仕方ないと思うぞ？　先生にも、あの四人の誰が合法ロリかは分からないからな」

湯気の出るコーヒーにシロップと砂糖がばしゃばしゃと投入されていく。

用意されたカップは二つ。そのうちの一つは俺に差し出してきた。

「飲め。六浦も高校生になったんだから、コーヒーくらい大丈夫だろ？」

「あ、ありがとうございます」

促されるままに一口飲んでみた。むせた。

「ぐふっ」

なんだこれ、甘っ。

「うーん、難しいな。先生から見ても、四人は頭が良さそうだ。さすがは学園長のお眼鏡にかなって養子になった子供たちだぞ。才能豊かで、底知れない」

コーヒーはともかく先生は俺と一緒に悩んでくれていた。申し訳ない気持ちもあるけど、今回は先生の優しさに縋（すが）らせてもらうことに。

「先生……助言を、いただけませんか？　俺一人だと厳しそうです」

頭を下げて懇願する。今の俺には尊敬する一之瀬先生の言葉に頼るしかなかった。

それくらい追い込まれていたのである。

「分かった、先生に任せろ！」

俺のお願いに先生は微塵（みじん）も迷うことなく即答してくれた。頼りがいのある言葉に甘えて、俺はこんなことを問いかけた。

「先生と幼女の違いを、どうか教えてください！」

一之瀬苺（いちご）。御年二十八歳にして幼女の外見を維持する、実在の『合法ロリ』。

この人にきっと、合法ロリ探しのヒントがあると思ったのだ。

「ええ!?　せ、先生と幼女の違いだとっ？」

俺の剣幕に圧されたのか先生はたじたじである。

「えっと、そうだな……あ！　この溢れる大人オーラはどうだ!?　ほら、コーヒーを嗜む先生って大人っぽい！」

シロップと砂糖をたっぷり入れておいて何を言ってるんだこの外見ロリは。

「ぐびっ……けほっ」

しかもまだ苦そうに顔をしかめていた。明らかにコーヒーよりミルクの方がお似合いだ。

「簡単なことだろっ？　どこからどう見たって先生は大人だ」

どこからどう見たって小学生にしか見えないです。

しかしそれは俺が先生のことを理解しきれてないからだろう。もっと先生のことを知ったら、この人を大人だと把握できるはずだ。

あれだ。双子の識別と同じだと思う。他人からすると同じ顔にしか見えないが、親であれば双子の識別は簡単だ。それは親が双子のことをよく理解しており、些細な違いを認識できているからだと思う。

俺に足りないのは『理解』の力。

「すいません、分かりません……情けないことに、俺には先生が幼女にしか見えません！」

「……こ、こんなに大人っぽいのにっ？」

「俺はまだ、先生のことを……合法ロリのことを知らないんですっ」

唸るように言葉を吐き出す。

試練の期限は残り三日。余裕はもうほとんどなかった。この週末がラストチャンスとなる。絶対に、この週末の時間で決定的な確証を得なくてはならないのだ。

その手段が、俺にはもうない。

「どうか、教えてください」

だから俺は先生にすがりつくのだ。

「先生のこと……どこからどう見ても小学生なのに大人なあなたのことを、俺に教えてください！」

ソファから降りて、先生の前で頭を下げる。気付けば膝をつき、額を地面に叩きつけるようにして土下座していた。

それくらい余裕がなかったのだ。

「うぇ!? ろ、六浦、先生のことを知りたいのか……？」

「はい！ しっかりと、細かいところまで、丁寧に教えてほしいんです！」

「そ、それは、手取り足取りってことか……？」

「必要があれば！」

「にゃ、にゃんということだっ……先生は驚きを隠せないぞっ」

一之瀬先生は狼狽えたように俺を見ていた。

「どうしよう……苺、こんなこと初めてだよっ。ママ、パパ、どうしたらいいのっ?」

俺の勢いにびっくりしているようだ。

「すいません……驚かせてしまって。でも、本気なんです」

「……ふぇぇえ。どうすればいいのかわかんないよぉ」

驚きのあまり幼児化しているようだった。それでも俺にはこの人しか頼る人がいない。断られたらそれまで。とにかく頼み込むことしかできなかった。

「どうかっ」

頭を下げ続ける。

そうしていると、次第に先生は落ち着きを取り戻してきたようで。

「う、うん。六浦の覚悟は、分かったぞ」

こほんと咳払いしてから、ゆっくりと言葉を返してくれた。

「先生は、六浦のこと嫌いじゃないし……むしろ好みだし」

顔を上げて表情を窺ってみる。なんだか頬が赤くなっているような気がした。

「でも、先生……初めてだけど、いいのか?」

合法ロリについて教えるのが初めてじゃないなら、それはそれで数奇な人生を歩んでると思う。

「構いません。むしろ初めて同士で、いいと思います」

俺も合法ロリについて教わるのは初めてだ。お互い覚束ないだろうけど、だからってそれは悪いことじゃない。

「よろしくお願いできませんか？」

ダメ押しで頼んでみる。これで渋い顔をされたらもう無理だろう。

だから最後のつもりで頭を下げた。

「………」

しばらくの無言の後。

「わ、分かった」

先生は俺のお願いに頷いてくれた。

「先生は六浦の先生だからなっ。うん、覚悟は決まった！　六浦に先生のことをしっかり教えてやる！　六浦も、覚悟はできているな!?」

やっぱりこの人は尊敬できる先生だ。無理なお願いでもしっかり対応してくれて、俺はもう泣きそうだった。

「ありがとうございます……あなたに出会えて、俺は幸せです」

「せ、先生、がんばるけど、あまり期待はしたらダメだぞっ」

「いえ、ありがとうございます」

お礼を伝えると先生は顔を真っ赤にしていた。照れているのだろうか。

「こ、こほんっ。でも、今すぐに教えるのはさすがに心の準備ができてないから、後日でもいいか？」

「……申し訳ありません。可能であれば明日の日中までにどうにかなりませんか？」

「ああ、試練の期限は日曜日だったな」

そうなのである。お願いしている立場で恐縮なのだが、なるべく早い時間が望ましかった。

「うーん、だとすると長い時間はあの子たちから離れることもできないのか？」

あの子たちとは、許嫁候補である四人のことだろう。

「はい。こちらの都合ばっかりで申し訳ないです」

「い、いや、気にしなくても大丈夫だぞっ」

できた人である。俺の都合を考慮した上で先生は時間と場所を決定してくれるようだ。

「だったら、明日……学校に来い。タイミングを見て先生について教えてやるぞ！　あと、子供たちも同伴していい。室内プールも開放されているし、そこで遊ばせたらどうだ？」

「なるほどっ。日曜日の正午が期限ですからね……可能であれば、合宿のようにしてもいいですか？」

「うん。でも、合宿なら学園長の許可が必要だぞ？」

「それは俺が取りますので」

どうせこの後に会う予定がある。許可は取ると伝えれば、先生は大きく頷（うなず）いた。

「じゃあ、そういうことでいいなっ？　先生、がんばるから」

先生も熱を込めて俺に教育してくれるみたいだ。力強い言葉に、俺もまた頷く。

「よろしくお願いします」

最後に立ち上がると先生が手を差し出してきたので、その手を取った。

「こ、こちらこそだぞ……」

小さな手だ。幼女にしか思えない。

でも、この人の大人要素を明日しっかりと理解しよう。

もし一之瀬（いちのせ）先生が大人だと理解できたら、きっとあの四人の中に紛れている合法ロリもしっかり判別できるはずなのだから。

「良かろう。合宿を許可する」

徳田院大五郎（とくだいんだいごろう）。

名門徳田院学園の学園長にして、名家徳田院家の当主であり、そして俺の育ての親であるじいさんは、思いのほかあっさりと合宿を許可してくれた。

「子供たちにも伝達しておこう。そちらは任せて良い」

「ありがとうございます」

「試練に必要なのだろう？　で、あれば、遠慮せずに学園内の施設を利用して構わん」

ニヤニヤとした表情でじいさんはこっちを見ている。

「なにか？」

「いや、試練は上手くいってるか気になってな」

相変わらず意地の悪い人だ。このタイミングで合宿を申し込んでいるのである。

後がなくなっていることくらい察しているだろうに、あえて俺の口から状況を言わせたいようだ。

「……経過は良くないとしか言えない自分の未熟さが悔しいです」

「フハハ！　そうか、素直に認められるのは悪いことではないな」

「心にもない言葉を……」

「実に愉快である。儂は貴様の足掻く姿を見るのが好きだ」

「そうですか」

じいさんは俺をからかっているのだ。ここで感情的になってはこの人の思うつぼである。

「あなたに苦戦しているわけではありません。許嫁候補であるあの子たちに翻弄されているだけです。勘違いしないでください」

「ほう。我が娘たちも立派に育っているようだな」

「……それには同意します。才能豊かで、とてもいい子たちですね」

そう伝えると、じいさんはほんの少し表情を緩めた。

あまり認めたくはないが、この人にもわずかに親心というものがあるらしい。子が褒められると嬉しそうに見えなくもなかった。

しかしそれは一瞬のこと。すぐにじいさんは意地悪な表情に戻った。

「それは当たり前だ。儂が利益にならない子を養子にとるわけなかろう。才能を見込んで直々にスカウトしているのだ……育成にも金はかかる。あの子らには徳田院に大いなる繁栄をもたらしてもらわなければな」

また子供を道具のように言って……やっぱりこの人は嫌いである。

「すぐにでもあなたから当主の座を奪いたくなりました」

やはりこんな人間が教育界のトップにいるのは許せない。苦々しく呟けば、じいさんはなおも愉快そうに笑った。

「そうしたければそうしろ。貴様が合法ロリを見つけられたらいいだけの話だ」

それができていないからどうにもできない。試練は今、難航していた。

「……本当に、いるんですか？」

「何がだ？」

「合法ロリ……俺と同い年の女の子が、この部屋にいたのですか？」

ずっと心の奥底に抱いていた疑念。

この前の日曜日、部屋にいた者の中に合法ロリが実在していたのか。俺はここに至ってまだ半信半疑だったのだ。

「利孝（りこう）。儂（わし）は他者を利用するが、嘘（うそ）は絶対につかない」

だが、俺の疑いをじいさんは一蹴する。

「貴様に快く思われない人格なのは分かっている。だが、儂は教育者だ……詐欺師のような真似（まね）はしないと、そう言わせてもらおう」

七十歳になっても衰えない威圧感がじいさんにはあった。

「この部屋に合法ロリはいた。それは真実だ」

鋭い視線に射貫かれて、思わず体に力が入った。

「……いえ、申し訳ありません。今の発言は取り消します。失礼なことを言ってしまいました」

とはいえ今の発言は俺が悪かった。謝罪の言葉を口にすると、じいさんは薄笑いのような表情を浮かべる。

「前提を疑う必要はなかろうに……この程度も分からないようでは、次期当主など不可能だな。やれやれ、買いかぶりすぎだったか?」

嘲笑（あざわら）うような表情だった。あからさまな挑発に、しかし俺はあえて乗った。

「試練、必ず突破してみせます」

吐き捨てるようにそう言ってじいさんを睨む。真正面から視線を受け止めて、強く宣言した。

「あなたを蹴落としてやりますよ」

宣戦布告のような発言にじいさんは表情を動かさない。

「期待している」

ただそれだけを言って、俺に出て行くよう促すのだった。

「失礼します」

そのまま学園長室を出る。じいさんに一泡吹かせるためにも、俺は試練を突破しなければならないだろう。

勝負は、明日だ――。

第七話　小学生とプール遊び

土曜日になった。期限は今日と明日の二日しかない。

いや、じいさんとは日曜日の正午に顔を合わせる約束なので、実質的にはあと一日だ。今日この日こそがラストチャンスである。

一之瀬先生……お願いします。

「どうか、俺に合法ロリを見分ける力をください」

天を仰ぎながら祈りを捧げる。徳田院学園初等部の校門で、俺は彼女たちを待っていた。

そろそろ午後二時になる。待ち合わせの時間だ。一之瀬先生は既に来ていたので先程挨拶を済ませた。

そういえば緊張していたというか、表情が硬かったような気がする。体調が悪いのだろうか？　と考えていたところで、一人目の子がやって来た。

「せんせぇ、こんにちはです」

間延びした声に引き寄せられて視線を下に向ける。そこにはぬいぐるみを抱えた銀髪の妖精さんがいた。

「こんにちは、ルナちゃん。一番だね」

「んっ。ルナ、早くせんせぇとあそびたかったの」

鳴海ルナちゃんはそう言ってふにゃりと笑った。平日と違って今日は私服姿である。

許嫁として紹介された時と同じような、ふりふりの多い衣装だ。どうもルナちゃんはこういう系統のファッションが好きなようである。

「すぐにみんな来ると思うんだけど……どうする？　先に校内に行く？　それとも、もうちょっとここで待つ？」

「だいじょーぶ……せんせぇといっしょがいい」

嬉しいことを言ってくれる。そのまま一緒に他の子たちが来るのを待つことにした。

もう集合時間も迫っている。このあたりで、二人がやって来た。

「あら？　お出迎えしてくれて嬉しいわ」

「にゃはっ。お兄ちゃん、こんにちはー！」

次に到着したのは入江梨恵ちゃんと水無瀬みるくちゃんだった。

「二人で一緒に来たの？」

「ええ。途中で顔を合わせたから」

微笑む梨恵ちゃん。彼女は前と恰好が違っていて、今日はショートパンツとへその出るシャツを着用していた。

　露出が多いな……日焼けしている部分としていない部分がなんか見ていられない。

「るなるな、イェーイ！」

「ん、いぇーい」

　みるくちゃんはルナちゃんとハイタッチしていた。今日も相変わらず仲良しである。

　彼女の恰好（かっこう）は、なんというか……制服だった。

　とはいえ、普段学校で着用しているのとは異なっており、よくアイドルが来ている衣装のようなファッション性の高いデザインだった。

　似合ってるけど、うーん……あざといようにやっぱり感じた。まぁ、これもまたみるくちゃんの良さかもしれない。かわいいし、あざとくてもいっか。

「さて、あとは葛葉（くずは）ちゃんだけか」

　時間を確認するともう二時を過ぎていた。遅刻になるのだが、今日は別に学校でもなんでもないのでそれは問題ない。

　そもそも俺の都合で来てもらっている部分もあるし。

　しかし三人は先に休んでいてもらった方がいいだろうか……と、迷っていたところで葛葉ちゃんがバタバタと走ってきた。

「お、遅れて、すまないのじゃっ」

息を切らしながらも謝る葛葉ちゃん。恰好は前と同じような文字がプリントされているぶかぶかのシャツである。今日は『がんばりたくない』と書かれていた。

サイズが大きくて肩からずり落ちかけている。ふと思ったのだが、彼女はちゃんとズボンを履いているのだろうか？

シャツの丈が長いので確認のしようがないのだが、履いてると信じよう。

そして抱き枕のカミラちゃんは今日も元気に抱かれていた。嫁と言い張っているだけあって、どこに行くにも手放さないようである。

「昨日の夜、何気なく再放送してたアニメを見ていたらな、久しぶりに全部見たくなって、一話からマラソンして夜更かししてしまったのじゃ……っ！」

遅れた理由は普通に寝坊らしい。

「葛葉さん、ほら。お水飲みなさい……無理して動いたらダメよ。倒れちゃうわ」

梨恵ちゃんの言う通りである。今日は休日なのだ。あまり時間を気にしなくてもいいし、それよりも無理をしてほしくない。

「少し中で休む？」

軽く背中をさすると、葛葉ちゃんはびくんと体を跳ねさせた。

「ひゃう!?　い、いや、大丈夫じゃっ。利孝が触ったら元気になった」

何やら唇をもにょもにょさせていた。

「え？　あ、そう？」

「うむ……梨恵(りえ)も、お水ありがとうなのじゃ」

「ふふっ。葛葉(くずは)さんは恥ずかしがり屋さんね」

ともあれ、少し時間は遅れたがどうにか四人揃(そろ)ったようだ。

「みんな、荷物とか着替えは持ってる？」

俺の質問に彼女たちはしっかりと頷(うなず)いてくれる。よし、準備は万端のようだ。

「じゃあ、荷物を置いてから早速プールに行こっか」

ということで、俺たちはプールに向かうことに。

今日はそこで、たくさん遊ぶことにしていたのである。

徳田院(とくだいん)学園は全国でもトップクラスの設備を誇る教育施設である。室内プールもしっかりと完備されていた。

今は四月。本来ならまだ水温が低く、通常の学校ならプール開きは五月から七月くらいが普通だろう。しかし室内プールなので、徳田院学園ではいつでもプールに入水できる。

普段は水泳部や水球部、シンクロ部などが使用しているらしいが、今日はタイミング良く俺たちの貸し切りにできていた。

「六浦、先生は向こうの監視室で休んでいるから、何かあったらすぐに言うんだぞ？」

保護者として一之瀬先生もプールに来てもらっている。この人はいつも通りジャージ姿だった。

「先生は入らないんですか？」

「い、今は無理だっ……そんな余裕ない」

ぷるぷると首を振る先生。顔色も赤いし、やはり体調が良くないように見えた。

「もしかして、風邪ですか？」

「そ、そんなことはないっ。ただ、昨日は遅くまで調べものしてたから、眠いのだ」

「え？　何時まで起きてたんですか？」

「聞いて驚け……なんと、深夜十時だぞっ。いつもは八時半には寝てるのに、先生も大人になったものだ」

寝るの早いな。子供かっ。

「そういうことだから、先生は休んでおくぞっ」

最後に言って先生はプールに設置されている監視室に引っ込んでしまった。休日なのに申し訳ない限りである。なるべく迷惑をかけないように今は休んでもらっておこう。

彼女たちは俺がしっかり面倒見ないと。

そのままプールサイドで待つこと少し。

「だーれだっ」

足だけをプールに入れて座っていると、不意に視界が真っ黒に染まった。どうやら誰かに目を覆い隠されたらしい。

「……みるくちゃん？」

声でだいたい分かる。彼女の名を口にしたらすぐに目は見えるようになった。

「にゃはは っ。びっくりした？」

「いや、これくらいでびっくりはしな……!?」

振り向いて余裕を見せようと思ったのだが。

みるくちゃんの姿を見て、俺は息を詰まらせてしまった。

「お、おぉ……!?」

スクール水着。しかも、写真でしか見たことがない、水抜きがある旧型のやつ。

あれを着た黒髪ツインテールの女の子が、俺を見て小悪魔のように笑っていた。

「えー？　でも、びっくりしてるように見えるけどなーっ？」

「そ、そんなことないけどっ」

「あー！　もしかして、わたしの水着を見て興奮してるでしょっ」

「してない！」

ぐいぐいと詰め寄ってくるみるくちゃんにたじたじだった。

「にゃはっ。どうかなぁ？　似合ってるっ？」

「ま、まぁ、似合ってる」

正統派というか、露骨というか、あざといというか……小学生といえばこれ！　な水着のチョイスである。

「でも、なんで旧型？」

「デザインがかわいいから！　ほら、ここの水抜き部分とか特にっ」

「わ、分かった！　見せなくていいから……」

「あれ？　お兄ちゃん、もしかしてわたしのおへそ見るのが恥ずかしいの？」

「そういうわけでもないから！」

「はーい、そういうことにしてあげるね！」

やっぱりこの子は危険だ。明らかにからかわれていた。翻弄されている。

このままみるくちゃんのペースに巻き込まれるのはまずい。

「それで、他の子たちは？」

強引にスク水の話題を打ち切った。まだ来ていない三人の様子を聞いてみる。

「今から来るよ！　一人ずつお兄ちゃんに見てもらおうって話し合ったんだよ？」

「あー……それで遅かったんだ」

みるくちゃんも一通りからかって満足したようだ。

みるく

「次、どうぞー！」

声を上げて合図を出している。みるくちゃんが呼びかけると二人目の子はすぐにやってきた。

「むぅ……スースーするの」

ぺたぺたと歩いてくるのは、銀髪の女の子。私服と同じようにフリフリがついている、ワンピースタイプの水着を彼女は着ていた。

いつもより布面積が少なくて落ち着かないのか、スカート部分の裾をぐいぐいと引っ張っている。

「二人目はルナちゃんか……」

鳴海ルナちゃんだった。ふわふわした彼女の雰囲気とフリフリの水着はとても似合っていた。

「お兄ちゃん、るなるなの採点をお願いします！」

「百点」

「ちなみにわたしは？」

「百点」

「きゃーっ。お兄ちゃんのエッチ」

隣ではしゃぐみるくちゃんはさておき。ルナちゃんは少しおどおどしたように俺の方へ歩み寄ってくる。

「せんせぇ」

そのまま彼女は俺の腕をぎゅっと抱きしめてきた。

「ちょ、ルナちゃん？」

「んー？　なにー？」

彼女は不思議そうにきょとんと首を傾げている。

「い、いや、なんでもない」

無垢な表情に俺は何も言えなくなった。

水着越しに感じる体温は、いつもより布が薄いせいかやけに温かく感じる。あんまり気にすると意識してるみたいだし、過剰な反応はやめておくことに。

普段抱いているうさぎのぬいぐるみがないので、ルナちゃんは代わりに俺の腕を抱いているのかもしれない。

そのままにしておこう。

「お次は私ね」

と、ここでみるくちゃんの合図を待たずに彼女が姿を見せた。

「りえりえ！　フライングだよっ」

「ごめんなさい。早く泳ぎたくて」

入江梨恵ちゃんである。ショートパンツにへそ出しのシャツのような水着……って、あれ？　さっき見た格好だった。

「梨恵ちゃん、水着に着替えないの？」

「りっくん、何を言ってるの？　これは水着よ」

マジか。ということはつまり、この子は水着で外を歩いていたようだ。

普通のファッションに見えるけど、それってどうなんだろう？

「採点をどうぞ！」

「百点。かわいいと思う」

ともあれ似合ってるので満点なのは間違いなかった。

それに……梨恵ちゃんは普段野球をしているせいか、日焼けしている部分とそうでない部分のコントラストがすごい。Tシャツ焼けしており、腕の部分とお腹の部分に大きな差異があった。

あんまり直視できない感じである。

そして、最後は遅刻してきたあの子だ。

「み、みるく！　やっぱりこの水着、露出が多いのじゃっ」

よろよろと歩み寄ってくる辻葛葉ちゃん。彼女はセパレートタイプの水着にパレオを巻いた格好だった。

露出された肌はとても白くて、あと葛葉ちゃんはとても恥ずかしそうである。

「うぅ……わしのような引きこもりクズニート予備軍に水着はレベルが高すぎじゃぁ」

涙目になってぶつぶつと呟いている。あまりに恥ずかしいのか、お腹の部分を両手で隠そうと前かがみになっていた。

「くずくず。かわいいから大丈夫だよ！」

「お主のお花畑理論で納得できるわけなかろう！」

「にゃはっ。じゃあ、お兄ちゃんに聞いてみるね？　はい、採点どうぞ！」

「百点」

「り、利孝がそう言うなら許してやるのじゃ。みるく、よくやった」

「うん！　さすがわたしだね!!」

ちょっと褒めただけで葛葉ちゃんはものすごく嬉しそうにしていた。

水着はみるくちゃんが選んだのか……いいセンスしている。

というか、四人ともよく似合っていた。お世辞と身内びいき抜きにしても本当にみんなかわいいと思う。

「さて、みんな揃ったところで！　お兄ちゃん、誰が一番かわいい？」

「みんなかわいいし、みんなが一番かな」

回答に迷いはなかった。しかし四人はどこか不満そうだった。

「お兄ちゃん……ゆとりかよー」

「りっくんの好みが知りたかったのだけれど」

「せんせぇ？　ルナね、おねむです」

「くくっ。かわいいとか、何度も言うなぁ……嬉しすぎて死んだらどうするのじゃ」

難しい年頃のようだ。

うーん……改めて観察してみても、やっぱり四人とも小学生のようにしか見えない。外見はどこからどう見ても幼いのだ。

内面は四者四様違っているが、合法ロリかどうかはまだまだ見抜けていない。

この後に一之瀬先生から色々と教えてもらえることになっているが、この時間もしっかりと活用して合法ロリ探しをがんばらないと。

「じゃあ、何して遊ぶ？　一応ボールとか浮き輪とか色々と借りてるけど」

「水鉄砲とかいいと思う！」

「ビーチボールで遊びたいわ」

「バナナさんっ。ルナ、バナナさんのうきわがいいっ」

「もう疲れたし帰って良いかのう」

四人とも見事にバラバラだった。まぁ、時間はたっぷりあるのだ。

「よし、全部やろっか」

試練のことはある。余裕もないし本来ならこうして遊んでいる場合ではないのかもしれない。しかしそれは俺の都合の話だ。

彼女たちには休日だというのに来てもらっている立場なのである。しっかりと楽しい時間を過ごしてもらいたかったのだ。

「やったー！　お兄ちゃん、大好きっ」

「あ、ずるいわ。私もりっくんに触らせて……ふふ、いい筋肉だわ」

「せんせぇ……ルナも、ぎゅーっ」

「こ、これはわしも便乗して良いのかっ？　だ、抱きつくぞ利孝！」

なんかかんだこの子たちもはしゃいでいるのか。

「わ、ちょ……落ちるっ！」

一斉に抱きついてきてバランスが崩れてしまった。踏ん張ることもできたがすぐ後ろはプールである。

そのまま倒れこむことにした。

「「「「きゃー！」」」」

バシャンと、水しぶきがあがる。みんな楽しそうに笑っていた。

そんな彼女たちに感化されたのか、少し経つといつの間にか俺も夢中になって遊ぶようになっていた。

水鉄砲で撃ち合ったり、ビーチボールでバレーをしてみたり、浮き輪でぷかぷか浮いてみたり、みんなで競泳したり。

とても楽しい時間を過ごすことができたようだ。

四人と一緒にいると心が弾む。そう思えるのは、やっぱりこの子たちが魅力的だからなのだろう。

そんな四人に好かれている俺は、とても幸せ者だった。


だいたい二時間くらい遊んだだろうか。

「も、もう無理じゃ……体力の限界っ」

葛葉（くずは）ちゃんのギブアップ宣言でプール遊びはおしまいにすることにした。

「せんせぇ？　次は何するのー？」

「まずは着替えて、その後は……日のある内に温泉行こっか。ちょっと早いけど、暗くなると夜道が怖いし」

なんと徳田院（とくだいん）学園には温泉がある。敷地の端っこにあるので少し歩くが、そこはお風呂ではなくしっかりとした温泉である。

じいさんよりもずっと前の代の学園長によって設置されたものらしい。

子供たちの健やかな成長のため、という名目らしいが絶対にこれは私欲だと思う。まぁ、便利なので利用している子供たちや教師は多いようだった。

平日は結構賑(にぎ)わっているらしいが、休日なので今日はほとんど貸し切り状態らしい。じいさんからは好きに使えと許可をもらっていた。

「ルナ、おふろだいすきっ」

「温泉!?　わーい、やった！」

「そういえば温泉って初めてだわ……ふふ、楽しみ」

「プールでちょうど体も冷えておるしのう。温めたいのじゃ」

みんなも乗り気である。

「着替えてから玄関に集合ということで」

そう呼びかけると四人は返事をして、更衣室に戻って行った。

俺は最後の点検でプールを見渡して忘れ物などがないかを確認した後、監視室で休んでいる一之瀬(いちのせ)先生に声をかけることに。

「一之瀬先生」

「おわぁあああああああ!?」

監視室に入ると先生はのけぞるようにして声を上げた。

そして何かを隠すようにうずくまった。

「……ど、どうかしましたか？」

「な、なんでもないっ。別に見られたら恥ずかしい本とか読んでない！　本当だぞ!?　信じてくれ、六浦……これ以上言及したら先生は死ぬからなっ。やめてくれ」

詳しい事情を聞いたら先生は死ぬらしい。

「何も聞かないので安心してください」

困らせたいわけではないので無用な詮索はやめておくことにした。あと、今のセリフでだいたい察した。

「プール遊び、終わりましたので」

「あ、うん……分かった。もう終わりなのだな」

「先生のおかげで楽しい時間を過ごせました」

「そうか……六浦は更衣室に？」

「はい、着替えてきます」

「うむ。分かったたっ」

先生は真剣な表情で強く頷いていた。その意味がこの時はよく分からなかったのだが、すぐに理解することになる。

俺が更衣室に到着した直後のことだった。

「……あれ？」

ガチャリと扉が開く音がした。おかしい。男性は俺一人しかいなかったはずなので入ってくる人物に心当たりはない。

きちんと閉まっていなかったのだろうか。そう考えて扉の方向に目を向けた。

「――っ!?」

瞬間、俺は驚いて腰を抜かすことになる。

視線の先にいたのは――一之瀬（いちのせ）苺（いちご）先生だった。

「せ、先生!?　ここ、男子更衣室ですよっ」

「そ、それくらい分かってるぞっ」

先生はもじもじしながらも後ろ手で扉の鍵を閉めた。

え……？　なんで？　意味不明である。

「どうして、ここにっ」

混乱する俺に向かって先生はゆっくりと歩み寄ってくる。その顔は真っ赤だった。

「昨日、教えてやるって言っただろ？」

教えてほしいと約束していたのは、合法ロリのことについてである。それが何か関係あるらしい。

「合法ロリについて……先生について、六浦（ろくうら）は知りたいって言ってた」

その通りだ。試練を突破するために合法ロリについて教えてほしいとお願いしていた。

「だから、教えてやるぞ」

先生はそう言ってジャージを脱ぎ始めた。

「え？　はい？　んんっ？」

やばい。言ってることがまったく理解できない。何がどうなったら、合法ロリについて教えてほしいというお願いが、服を脱ぐという結論になる？

あと、どうして先生は布面積が極端に小さいマイクロ水着なんか着ているのだろうか？

「ど、どうだ？　似合うか？」

「似合いは、しますけど……」

ジャージの下に隠されていたマイクロ水着。着る人によってはセクシーになるのだろうが、一之瀬先生に限っては普通にかわいいという感想に帰結するから不思議なものだった。

それにしても意味が分からない。

「説明を、お願いします……っ！」

なんで更衣室に来たのか。どうして服を脱いだのか。なぜマイクロ水着なのか。

「六浦が、教えてほしいって言ったから」

しかし先生は先程と同じ言葉を返す。

「合法ロリについて、手取り足取り教えてほしいって……」

ジャージを脱ぎ捨てた先生は俺に覆いかぶさってきた。腰を抜かして立てない俺を、先生の大きな瞳が凝視する。

「ほら、たっぷりと確かめてくれ。いっぱい、先生の体を見てくれ」

そして、次の言葉でようやく、俺は先生の意図を理解することができた。

「合法ロリについて、先生の体で教えてやる！」

つまり、一之瀬苺（いちのせいちご）先生は……勘違いをしているようだった。

「初めてだけど、いっぱい勉強したからなっ。そういう本を読むのは恥ずかしかったけど、がんばってさっき読み終えたのだ……経験はないけど、自信はあるぞっ」

俺は、合法ロリについて『先生の見識や考察を』教えてほしいとお願いした。

一方、先生は合法ロリについて『先生の体で』教えてやると言っていたのだ。

簡単に言うと、先生は俺のために体を張って合法ロリとはどんな感じなのかを、体感させようとしていたのだ。

「――ち、違います！　そういう意味じゃないんです！」

慌てて先生の誤解を正そうと声を上げた。

「六浦（ろくうら）……焦らさないでほしい。先生、恥ずかしくて死にそうなんだっ。勢いのまま好きに調べてほしい」

涙目になって先生は体を預けてくる。反射的に受け止めると、大人とは到底思えないくらい肌がスベスベだった。

触れた先生の体は小さく震えている。俺のために相当無理をしてくれているのだろう。

急いで訂正しないとっ。

「先生、違うんです……『教えてほしい』というのは、先生の体を見たいという意味じゃないんです！」

「ふぇ？　でも、先生の体を手取り足取り教えろって……」

「先生が思う合法ロリについて、見識などを教えてほしいって意味だったんです。手取り足取りというのは、それくらいやる覚悟だったという意味の発言ですっ」

「……っ、つまり？　どういうことだ？」

先生も混乱しているのか目がグルグルと回っていた。お互いに認識の齟齬（そご）があることを共有したところで、俺は丁寧に『合法ロリについて教えてほしい』という発言の意図を伝える。

最初はぽかんとしていた先生だったが。

「――か、勘違いってことか？」

「そういうことに……なります」

「ぬわぁああああああああ!?」

勘違いを理解すると同時に、先生は叫んで俺の胸に顔を埋めた。

「み、見るなぁ……自分で勝手にエッチなお願いだと勘違いした挙げ句に背伸びした水着を着て経験皆無だというのに見栄を張って自信があるなんて虚勢を張っていた先生を、お願いだから見ないでっ」

恥辱に悶えているようだった。

「うぅ……せ、先生な、今まで男性経験ないから、てっきりそういうことなのかと勘違いしちゃったんだ！　土下座までされちゃったし、六浦ならしょうがないかなって思ったんだぞ!?　し、死にたい……っ！」

「俺の方こそ本当にごめんなさい！　ややこしい言い方で勘違いさせてしまって……」

「そ、それはそうだぞ！　なにが『先生について教えてください』だっ……同人誌でよく使われる行為の前振りなんか使ったら、裏読みしちゃうだろうがっ」

ぐすぐすと先生は泣きべそをかいていた。俺の胸をぽかぽかと叩いている。

しかし、すぐに先生は力なくうなだれた。

「で、でも、悪いのは六浦じゃない……苺が悪いんだよね。苺のバカ、叩いてごめんなさい。本当に……ごめんなさいっ。苺の貧相な体なんか見せちゃって、ごめんなさいっ」

やばい。どうやら先生は本気で落ち込んでいるようである。

「役立たずでごめんなさいっ。苺ね、好きで合法ロリやってないんだよぉ……毎日牛乳飲んでもおっきくならなかったんだもん。ごめんなさい、色気のない苺に迫られて六浦も迷惑だったよね？　ごめんなさいっ」

あまりの気の落ちように幼児化して自虐的になっていた。俺のために体まで張ろうとしてくれた先生に、落ち込んでほしくなどなかった。

「そんなことないです。先生はとても魅力的な人です！」

その小さな肩を掴んで強く訴えかける。

「役立たずなんてことありません。先生がいてくれて俺はとても助かっています……俺のためにがんばってくれる先生を、迷惑だなんて絶対に思いませんから」

本音の言葉だった。卒業しても、記憶をなくしても、俺の『先生』として面倒を見てくれる一之瀬苺先生の存在は俺にとって大きかった。

「だから、そんなに謝らないでください」

最後に一言。囁くようにそう伝えると、先生はぽかんと口を開けて俺を見つめた。

「……本当に？　苺、六浦の迷惑じゃない？」

「はい。迷惑なんて一度も思ったことありません」

「……苺の貧相な体を見ても、嫌じゃなかった？」

「とんでもないです。眼福でした」

「……色気、あった？」

最後の質問だけちょっと答えにくいものだった。色気は、まぁ……あれなのだが、ここで事実を言ってはまた落ち込んでしまう可能性もある。

なので、優しい嘘（うそ）をつくことにした。

「それは、もう……そこはかとない何かを感じました」

我ながらへたくそな嘘である。しかし先生は照れたように笑っていた。

「そ、そうか。先生、色気あるのかっ！　うむ、薄々気付いてはいたぞ！」

よし、いつものどこか大人ぶった口調に戻ってくれた。どうにか持ち直してくれたようである。

「えへへ、六浦（ろくうら）は優しいやつだなっ。どうだ？　やっぱりそのまま、先生の体を調べてみたくなったか？」

調子にも乗っているみたいだ。

「俺にはもったいないので、遠慮しておきます」

「そうか。先生はもったいない女なのか……むふっ、そう言われると悪い気はしないなぁ」

思いのほか簡単に機嫌も直ったようだ。良かった……先生がちょろくて。

「俺のためにありがとうございます。誤解も解けたところで、そろそろ着替えたいので出て行ってもらってもいいですか？」

「分かった！　じゃあ、また後でなっ」

満面の笑顔で先生は更衣室を出て行った。ジャージ忘れてるけど大丈夫なのだろうか？　後で涙目になって取りに戻ってくるかもしれない。追いかけて渡した方が早いだろうが、今はその気力がなかった。

「ふぅ……」

息をついてその場にへたりこむ。

考えていたのは、試練について。

合法ロリが誰か分からなかったから、先生に頼ろうと思っていた。先生なら的確な助言を教えてくれると勝手に思い込んでいた。

俺もかなり余裕がなかったのだろう……視野がかなり狭くなっていたみたいだ。

「参ったな」

頭を抱えて肩を落とす。ひと悶着あったが、ともあれ結果的に一之瀬先生から期待していた助言を得ることはできなかった。

それはつまり――いよいよ後がないということと同義だった。

「どうしよう……」

未だ四人とも判別はついていない。俺には四人が合法ロリに見えるし、四人が本物ロリに見えていたのである。

時間はない。試練の期限は明日の正午だ。もう残り二十時間を切っていた。

「誰が合法ロリなんだ……っ」

どうしていいか分からずに、俺はしばらくその場から動くことができなかった——。

一之瀬(いちのせ)先生に迫られた後。

あまり時間も経(た)たずに戻ってきた先生にジャージを渡してすぐ、許嫁(いいなずけ)候補である彼女たちが更衣室まで迎えに来たので長い時間悩むことはできなかった。

「遅かったわね、りっくん」

「ごめん。ちょっと先生と話してた」

「そうなの。許すわ」

謝ると梨恵(りえ)ちゃんは簡単に許してくれた。優しい子である。

「ルナ、早くおふろ入りたい」

「髪の毛ごわごわするもんねー」

「体力の限界じゃ。早く休みたい」

他の三人も温泉を楽しみにしているようだった。試練のことは難しくなっているところだが、彼女たちは楽しんでくれているようなので、そこだけが唯一の救いである。

それから歩くこと少し。

温泉のある入浴場に到着して、管理者と思われる人に一声かけた。のんびりとした笑顔で、今日は誰もいないし自由に使っていいよと言われた。

「お風呂から上がったらロビーで待ち合わせしよっか」

もちろん男女はしっかりと分かれている。お風呂上がりにすれ違わないように待ち合わせ場所を決めておいた。

「……？　せんせぇ、ルナ――」

「あ、ストップ！　るなるな、ダメっ」

「むぎゅ」

ルナちゃんが何か言おうとしていたがみるくちゃんがそれを防いでいた。

「え？　なに？」

「なんでもないのじゃ。利孝は気にしてくて良い」

「ええ。りっくんは温泉でゆっくりとくつろいできていいわよ？」

梨恵ちゃんと葛葉ちゃんもすかさずフォローを入れていた。

何か企んでいると普段なら察することもできただろう。しかしこの時の俺は余裕がなくなっていたので、何も言わずに男湯へと入ってしまった。

「どうしよう」

服を脱いで浴場へと入る。無人なので考え事をするにはうってつけだ。手早く体を洗い流して湯に浸かると、一気に力が抜けた。

頭の中をいっぱいにしているのは、試練のこと。

「やっぱり、都合よく起死回生の一手なんてあるわけなかったんだよなぁ……」

振り返ってみると、一之瀬先生に甘えすぎていたところがあった。先生に教えてもらえば試練のことは大丈夫と思い込んでいた節がある。

安易な決めつけだった。それくらい追い込まれてもいたのだろう。

「俺もまだまだ未熟すぎる」

じいさんはこんな俺のどこを見て評価しているのか。自分の未熟さが悔しかった。

『合法ロリを見つけ出せ』

試練の内容を聞いて、最初はそこまで難しいものではないと思っていたのに。

「………はぁ」

力不足だ。この状況だと『立派な教師になる』という夢も叶いそうになかった。

このままでは――と、思考がどんどん後ろ向きになっていく。鬱屈とした感情に息が詰まりそうになっていた。

そんな時。

「やっほー！」

浴場に、甲高い声が響き渡った。

「えぇぇぇぇぇぇ!?」

一瞬で悩みが吹き飛んだ。それくらいびっくりしたのである。

「ちょ、ちょっと待って……！」

聞き間違いであってほしいと浴場の入口付近に目を向ける。だが、そこには声を発した主が、堂々と仁王立ちしていた。

「みるくちゃん!?」

「来ちゃった！」

なんで来ちゃうのか。やっぱり何か企(たくら)んでいたようだった。

「せんせぇ？　ルナと、お風呂入ろう？」

「利孝(りこう)、すまん……わしも一緒にお風呂入りたかったのじゃ」

「体の状態を確認するのも、キャッチャーとしておこたれないわ」

乱入してきたのはみるくちゃんだけではなく、俺の許嫁(いいなずけ)候補が全員いた。

鳴海(なるみ)ルナちゃん。辻葛葉(つじくずは)ちゃん。入江梨恵(いりえりえ)ちゃん。水無瀬(みなせ)みるくちゃん。

タオルを巻いた四人が入口からこっちに向かって歩いてきた。

「こ、ここ男湯！」

あまりの驚きに目が回りそうだった。

「さすがにそれはダメだって……っ」

「大丈夫よ。さっき、管理人さんに許可をもらったわ」

「人もいないようじゃからのう。あまり気にするなと笑っておった」

梨恵ちゃんと葛葉ちゃんは平気な様子でシャワーを浴び始めた。というか、葛葉ちゃん……二人きりで接触すると恥ずかしがるくせに、みんなと一緒だと結構余裕あるな。

俺はこんなに動揺しているのに。

「とかなんとか言いつつ、本当は喜んでるでしょっ？」

そしてみるくちゃんは小悪魔のように笑っていた。

「よ、喜んでないから……」

強く否定したかったが、彼女たちはタオル一枚の恰好(かっこう)である。なんとなく直視できなかった。

そんな俺の様子を彼女は見ていたのだろう。

「にゃはっ。タオル、邪魔だな～。脱いじゃおっかな～？」

からかうように、タオルをはだけさせていた。

「――っ!?」

さすがにそれはまずい！　慌てて目を逸らしてそっぽを向いた。

「か、隠して！　早くっ」

「えー？　なんでー？」

みるくちゃんはなおもからかうように笑っているようだった。さすがにこれは度が過ぎているだろう。

「だ、だって、裸……」

「あ、タオル取れた」

「え？」

あまりの事態に思わず顔を上げてしまった。

そして見えたのは、タオルの下にしっかりと水着を着たみるくちゃんだった。

ご丁寧に、スクール水着の肩ひもの部分をはだけさせてタオルの上から見えないようにしていたようだ。最初から俺をからかうつもりだったのだろう。

「……お兄ちゃんのエッチ！」

「違う！」

彼女はしたり顔でニマニマと笑っている。しまった……一杯食わされたようだ。

「あはははは！　冗談だよっ。もう、お兄ちゃんは本当に面白いな～」

一通り俺をからかって満足したのか、みるくちゃんはシャワーを浴びに行った。

あの子は本当に危険である。翻弄されっぱなしだった。びっくりさせる……。

とはいえ、みるくちゃんと同じように他の子たちもきちんと水着を着ているということだろう。

それなら安心……できるのか？　そもそも混浴になっている状況がまずいような。

「せんせぇ……これ、とってもいい？」

「ん？　ルナちゃん、シャワーは？」

「だいじょーぶ。りーちゃんに、あらってもらいました」

りーちゃんとは梨恵ちゃんのことのようだ。

体を洗い終えたルナちゃんは温泉に入りたそうにしていた。混浴はまずいが、水着を着ているのならプールで一緒に入っている時と同じかもしれない。

そう考えると過剰に反応する方がおかしいような気がした。

「いいよ、どうぞ」

水着ならタオルはなくてもいいだろう。そう思って許可した。

「んっ。スッキリ」

「——って、裸はダメだって！」

しかしルナちゃんは俺の予想を裏切ってくれた。タオルの下は物の見事にすっぽんぽんだった。

「水着は!?」

「ルナ、あのおよーふく、好きじゃないよ？」

首を振るルナちゃんは不思議そうに首を傾げていた。無垢な表情でも裸はダメである。

「梨恵ちゃん！　ルナちゃんに水着をっ……どうか！」

「あら？　ダメじゃない、全部脱いじゃったら。りっくんとお風呂入れないわよ？」

「ん……だったら、しょーがない」

梨恵ちゃんにお願いすると、ルナちゃんと一緒に脱衣所に行ってくれた。油断も隙もない子たちだった。

「利孝！　しゃ、シャンプーが目に入ったのじゃ……っ！」

「あー、はいはい。今行くからちょっと待って」

温泉から出て葛葉ちゃんのところへ向かう。

「くっ……わしはシャンプーハットがないとダメなのに、どうして置いてないのじゃ」

口調がお年寄りっぽいのにこの子はところどころ子供っぽい。桶に座る葛葉ちゃんは目をぎゅっと閉じて固まっていた。

「とりあえず流すよ？」

顔に優しくシャワーを当てる。

「ふぅ、マシになった」

目に入ったシャンプーは流れたようだが、また目を開けては同じことになる可能性が高いかもしれない。

「お兄ちゃん、髪の毛洗ってあげたら？」

「……その方がいいかも」

彼女の長い黒髪はとても洗いにくそうだ。

「葛葉ちゃん、そのまま動かないでね？　髪の毛、洗ってあげるから」

「へ？　あ、うん……分かった」

「くずくず、だらしない顔になってるよ～？」

「う、うるさいのじゃっ。みるくは利孝の背中でも流してやれ」

「にゃはっ。それはいい考えですなっ……あっちにヘチマのたわしあったんだよねー」

なんか話の流れで俺も洗われるようである。ヘチマだし背中くらいならいいか。

「じゃあ、洗うね」

俺も葛葉ちゃんの後ろに座って髪の毛を洗う。手触りの良い黒髪は泡立つのも早く、少し力を入れただけで切れそうで怖くもあった。

優しく、丁寧に、ゆっくりと髪の毛を洗う。

「んっ……利孝、上手じゃな」

葛葉ちゃんは気持ち良さそうだった。

「えいっ！」

その時、背中に痛みが走った。

「痛っ!?」

振り向くと、ヘチマを構えて楽しそうにはしゃいでいるみるくちゃんがいた。ヘチマでごっそり背中を削っているのだが彼女は気にしていないようである。

「楽しい！　るなるなとりえりえもやる？　ヘチマいっぱいあるよ？」

すぐ近くにはルナちゃんと梨恵ちゃんの姿もある。

「ん……やる」

「もちろんよ。あぁ……りっくんの筋肉、素敵ね」

ついでに二人も参加することになったようだ。

「や、優しくお願いできる？」

「うりゃー！」

「みるくちゃん、もっと丁寧に……」

粗いヘチマだったのか普通に痛かった。

「んしょっ。んしょっ」

一方、みるくちゃんとは別の箇所を洗っているルナちゃんは、一生懸命ヘチマを上下に動かしている。しかし力が足りなくてあまり洗えてないような気がした。

「せんせぇ……ルナ、おじょうず？」

「うん、いい感じ。ありがとう」

とはいえ気持ちが嬉しかったので感謝を伝えると、ルナちゃんはふにゃりと笑った。

「ん。もっとがんばります」

一生懸命上下運動を続けるルナちゃんはとても微笑ましく見える。

それと、もう一つのヘチマを持っている梨恵ちゃんは、まったく俺の体を洗う気がないようだった。

「りっくんの筋肉……たまらないわ」

俺の右腕をぺたぺたと触って満足顔である。もしかしたらこの子が一番、男湯に乱入してきてはしゃいでいるように見えた。

「最高ね……食べちゃいたい」

食べるのはさすがにちょっと。

「利孝？　そろそろ大丈夫だと思うのじゃが」

「分かった。泡を流すから、もう少し目をつぶってて？」

シャワーで葛葉ちゃんの髪の毛を流す。ついでにコンディショナーもしてあげて洗髪は完了となった。

「あ、ありがとうなのじゃ……利孝に洗ってもらえて、嬉しかった」

「そう？　上手くできてた？」

「完璧じゃっ。またお願いしたいくらいじゃのう」

次はもう少し事前に心構えをさせてほしいかな。葛葉ちゃんは頰を染めて嬉しそうに笑っていた。

「お兄ちゃんの背中も流すね！」

「熱っ!?　へ、ヘチマで洗った箇所に熱湯とか……みるくちゃん、わざとやってない？」

「にゃはっ。言ってる意味がよく分かんないでーす」

みるくちゃんは悪戯っぽく笑っていた。

「せんせぇ、ルナね……つかれました」

「お疲れ様。お湯に浸かって休憩したら？」

「んっ。せんせぇもいっしょがいい」

ルナちゃんは俺を見てふにゃりと笑っていた。

「分かった、温泉入ろっか……梨恵ちゃん、そろそろ離してくれると助かるんだけど」

「あら、ごめんなさい、夢中になってたようね……でも物足りないわ」

「つ、次の機会ということで」

「残念だけど、そうしようかしら」

梨恵ちゃんは名残惜しそうにしながらも小さく笑っている。みんな本当に楽しそうだ。

「あははっ。次の機会、あるか分かんないけど」

彼女たちにつられたのか、気付くと俺まで笑っているようだった。

「今度はおっきな銭湯がいい！　お兄ちゃん、つれてって？」

「んっ。ルナも、それがいーと思います」

「わしはあんまり外出好きじゃないが……利孝（りこう）が行くなら、ついていくのじゃ」

「今度はマッサージしてあげるわね？」

温泉に入ってもおしゃべりは止まらない。明るい彼女たちに囲まれていると、いつの間にか悩みも忘れていた。

笑っているこの子たちを見ているだけで心が温かくなるようだった。

——楽しい。

ふと、思う。この子たちと一緒にいると本当に楽しかった。

試練のことも忘れるほどに、彼女たちに夢中になっていたのである。


時間はあっという間に流れていく。

「りっくん、事件だわ……下着を忘れたみたい」

「……そういえば水着で学校に来てたっけ」

そんなお約束に遭遇したくなかった……。

「もうこのままでもいいかしら」

「良くないよ。ワンピースだし……一之瀬(いちのせ)先生に相談してみるから」

一波乱あったが一之瀬先生に丸投げして事件は解決した。どうもこういう時に備えて教員室には予備の下着など用意されていたらしい。

「ご飯、作ろっか」

お風呂に入った後は一之瀬先生とも合流してみんなで夕食作りをした。家庭科室で作ったカレーはあまり上手とは言えなかったが、みんなで協力して作ったおかげでいつもより美味(おい)しく感じた。

夕食を食べ終えた頃にはもう夜の八時半をまわっており、少し早いが眠る準備をすることにした。

「あふぅ……ベッドのある保健室で眠るぞ。先生もたまに借りてるが、寝心地は保証する」

あくび混じりの先生に引率されて、やって来たのは保健室。

「ありがとうございます。みんなをよろしくお願いします」

先生の手配で保健室を借りたようだった。ベッドごとにカーテンもあるし、彼女たちもきっと気に入ってくれるだろう。

「俺は一之瀬先生の教員室お借りしますね。みんなも、おやすみ」

そう言って俺は彼女たちに手を振った。しかしみんな不思議そうに首を傾げていた。

「……せんせぇ？　どこか行くの？」

「え？　うん。教員室で眠ろうかなって」

「ん、わかりました。ルナもそっち行く」

特にルナちゃんはついて来ようとまでしていた。男性の俺が同じ場所で寝るのは彼女たちが嫌がると思っていたのだが。

「利孝……夜の学校って、怖いんじゃぞ？」

真顔で訴えかけてくる葛葉ちゃん。

「えーん、お兄ちゃんがどこかに行っちゃうと寂しいよ～」

わざとらしく泣き真似するみるくちゃん。

「教員室って……ソファで眠るつもり？　ダメよ、きちんとベッドで寝ないと体力が回復しないじゃない。怒ってもいいかしら」

ちょっとぷんぷんしている梨恵ちゃん。どうやら四人に引き留められているようだ。

「でも……一之瀬先生もいるし、俺は必要ないと思うけど」

「一之瀬教諭は寝ておるのじゃ」

「嘘っ？　マジか」

視線を向けると、すみっこのベッドですやすやと眠る一之瀬先生の姿があった。

寝るの早っ。

「そういえばいつも八時半には眠ってるんだっけ」

昨日は眠れていなかったようだし、今日も慣れないことをして疲れていたのだろうか。

先生の疲労は俺のせいでもある。ここは責任をとって、彼女たちは俺が見ておくべきか。

先生にはゆっくり休んでもらうことにした。

「分かった。俺も保健室で眠るね」

そう伝えると四人は嬉しそうに頷いてくれた。まぁいっか……むしろここで目を離して何かあった場合の方が怖い。

「みんなはどのベッド使う？　俺はどこでもいいけど」

保健室にはベッドが六つ並んでいた。俺たちの人数は先生を合わせると六人である。ちょうど一人一つずつベッドがあたる計算である。

「ルナ、せんせぇといっしょのおふとんがいい」

「さんせー！　わたしも、お兄ちゃんと一緒！」

「利孝、夜の学校は怖いと言っておるじゃろうっ」

「たまにはこうやって眠るのも良いわね」

しかしみんなは当たり前のようにベッドを合体させていた。カーテンも開けて、四つほどベッドをくっつけている。

「……俺はもちろん、別のベッドだよね？」

「にゃはっ。お兄ちゃん、そんなわけないあると思う？」

なおも渋っていると、みるくちゃんが後方からぐいっと押してきた。

「お、わっ」

バランスを崩してベッドに崩れ落ちると、今度は先にベッドに乗っていた葛葉(くずは)ちゃんが俺の手を引っ張ってくる。

「利孝(りこう)はまんなかじゃ。ぜ、絶対に離れたらダメじゃぞ？」

中央付近で倒れこむと、不意に頭の後ろに何か柔らかいものが差し込まれた。

「確保、ね？」

梨恵(りえ)ちゃんが膝枕していた。

「や、やりすぎだからっ」

慌てて起き上がろうとするも、仕上げと言わんばかりにルナちゃんが馬乗りになってきたものだから、俺はもう動けなかった。

「せんせぇ？　いっしょにおねんねしよ？」

こうも純粋な目でお願いされては、断ることができるはずもなく……結局俺はみんなと雑魚寝することになった。

「電気消すねっ」

みるくちゃんが消灯して保健室は真っ暗になる。夜の学校、しかも保健室という場所は独特な雰囲気があった。

彼女たちも平気ではないのだろう。四つベッドが並んでいるのだからスペースに余裕はあるはずなのに、ぎゅっと引っ付いてきた。

「ひっ……利孝、わしが眠るまで寝たらダメじゃからなっ」

中でも葛葉ちゃんはかなりびくびくしていた。抱き枕のカミラちゃんもしっかりそばにいるが怖いらしい。

「葛葉ちゃんは怖いの苦手？」

「苦手ではない。嫌いなのじゃ」

どっちも同じ意味だと思うけど、とにかく得意ではないようである。

「みんな一緒だし、安心していいよ。俺もいるから」

「そ、そんなかっこいいこと言うなっ。ドキドキして眠れなくなるじゃろうがっ」

大したこと言ってないのに、相変わらず葛葉ちゃんは俺に対して評価が甘かった。

「…………」

それから少しだけ無言の時間が流れる。暗闇に目も慣れて、うっすらと彼女たちの顔も見えるようになった。

右腕を枕にしている梨恵ちゃんも、左腕を枕にしているみるくちゃんも、右足に抱き枕のカミラちゃんごと抱きついている葛葉(くずは)ちゃんも、左足に抱きついているルナちゃんも、みんなまだ目を閉じていない。

まだ九時前だからなのかあまり眠たくはないようだった。

「ふー」

「うわぁ!?」

不意に左耳から生暖かさを感じて声を上げてしまった。左隣から俺の耳に息を吹きかけた犯人は、左腕を枕にしているみるくちゃんだった。

「お兄ちゃん、ひまっ」

「だからって耳に息を吹きかけるのはどうかと……」

どうやら眠れなくて暇のようだ。

「あれ？　嫌なの？　じゃあもっとやってあげるね！　ふーっ」

「っ……!?　み、身動き取れないんだから、勘弁してくれない？」

「にゃはっ。本当は嬉(うれ)しいくせに」

割と本気でくすぐったいのだがその反応がみるくちゃんには面白かったみたいだ。

「こらっ」

右腕を曲げて頭にチョップしてみる。

「きゃー。ぼうりょくはんたーい」

みるくちゃんは頭を押さえながらも声を弾ませていた。

「えへへっ。お兄ちゃんは構ってくれるからいいよねっ」

じゃれあいが楽しいようである。

「ふふ……相変わらずいい体だわ」

一方、右隣の梨恵(りえ)ちゃんも眠れていないようで、俺の体で遊び始めていた。スポーツをやっていることもあってか筋肉が気になるらしい。

お風呂場の時と同じように色んなところをぺたぺたと触っていた。

「梨恵ちゃん、服に手を入れるのはどうかと思う」

「……物足りないわ。ダメ、かしら？」

「か、かわいく聞いても、ダメなものはダメ」

「減るものじゃないのに……私の体を好きに触ってもいいから、触らせてほしいわ」

それも普通にダメだからね？

この子は一度火がつくと激しい勢いで燃えるので注意する必要がある。ピッチングした時にそれを学んだ。

「り、利孝(りこう)っ？　今誰かがわしの服に手を入れたのじゃがっ!?　幽霊じゃ！　保健室をさまよう花子(はなこ)じゃ！　怖い……助けてっ」

左足元で悲鳴が上がる。

「カミラたん、夜の支配者なのじゃろう!? 早く花子（はなこ）を駆逐するのじゃ！」

余裕もないようで抱き枕に何やら命令している。それでも不安なのか、葛葉（くずは）ちゃんは俺の太もも付近を強く握っていた。

涙声である。

「……幽霊じゃないよ。それたぶん梨恵（りえ）ちゃんだよ」

「どうりで感触が柔らかいし体温が高かったのね。りっくんのと間違えちゃったわ」

「俺のでもダメだって。ほら、葛葉ちゃんにごめんなさいして」

「葛葉さん、ごめんなさい」

素直に謝る梨恵ちゃん。しかし葛葉ちゃんはよっぽど怖かったようで。

「ゆ、許さん！ 梨恵め、ちょーびっくりしたのじゃぞっ」

ほっぺたを膨らませて梨恵ちゃんをぺちぺち叩（たた）いていた。本気で怒ってはないだろうが、一応仲裁はしておこう。

「葛葉ちゃん、悪気はなかったみたいだし梨恵ちゃんを許してあげてくれない？」

「分かったのじゃ。利孝（りこう）がそう言うなら許そう」

思った以上に葛葉ちゃんは簡単だった……俺の言うことに対して甘いな、この子は。

それにしても三人はなかなか眠れていないようである。

「……くー、くー」

ただし一人だけは既に眠っていた。さっきまでは起きていたはずだがいつの間にか寝ていたらしい。

かわいらしい寝息を立てているのは、俺の左足を抱き枕にしているルナちゃん。

「むにゃむにゃ」

夢も見ているのか幸せそうに表情を緩めていた。

「みんな、ルナちゃん寝てるから、起こさないようにね」

「はーい」「分かったわ」「仕方ないのう」

そう伝えると三人はあまり騒がなくなった。やっぱりいい子たちである。

「…………」

また、無言の時間が訪れた。しばらくはルナちゃんの寝息しか聞こえなかったが、次第に複数の寝息が重なり始めた。

顔だけを向けて確認すると、いつの間にかみんな眠っていた。眠れないと言っていた割には早い就寝である。

昼間はかなりはしゃいでいたし、なんだかんだ疲れていたようだ。

「みんな……今日はお疲れ様」

小さく呟いてみる。誰からも反応はない。ぐっすりと眠っていた。

起きていると良い意味で騒々しい彼女たちが眠ってしまうと、少しだけ寂しくなった。

この子たちと一緒にいると悩みごとさえも忘れるくらい楽しい。

と、ここですっかりあのことを忘れていたことに気付いた。

「あ……試練のこと、どうしよう」

重大なことなのに今更そのことを思い出す。本当はお風呂場でじっくり考える予定だったが、彼女たちの乱入ですっかり頭から抜け落ちていたのである。

現在――俺は、ピンチだ。

合法ロリを見分ける手段も、疑わしいと目星をつけている人物も、まったく見つけられていない。試練である『合法ロリは誰か？』という問いに解答すら用意できていなかった。

「いったい誰が合法ロリなのかな……」

改めて四人を観察してみる。すやすやと眠る彼女たちは、どこからどう見ても小学生にしか見えなかった。

外見は何度見ても幼いまま。俺と同い年とは到底思えない。

だからこそ俺は、彼女たちの内面から合法ロリを判別しようと試みた。みんなと接してみて幼さの中にある大人っぽさを見極めようとした。

だけど、四人はそれぞれ子供らしくもあり大人らしくもあった。

『鳴海(なるみ)ルナちゃん』

彼女は無垢(むく)でふわふわしている女の子である。性格やしゃべり方は幼いが、数学者として活躍する彼女の頭脳は子供離れしていた。

『水無瀬みるくちゃん』

彼女は無邪気で小悪魔めいた女の子である。普段の言動やファッションは露骨なまでに子供っぽいが、プロゲーマーとして活動していたり、時折見せる底知れなさが子供離れしていた。

『入江梨恵ちゃん』

彼女は穏やかで落ち着いた雰囲気の女の子である。体は小さいし、好きな野球に対して周囲が見えなくなるくらい夢中になるのは子供っぽいが、プロチームと契約するほどの野球の実力や包容力のある性格が子供離れしていた。

『辻葛葉ちゃん』

彼女はしゃべり方や趣味嗜好が子供離れしている女の子である。この子だけは他の三人と違って子供らしくない一面が強かった。

大人向けな美少女キャラクターを好んでいる部分や、働きたくないというある意味達観している思考もそうだ。趣味が高じて会得したイラストの技術は業界でも第一線を戦い抜くほどで、俺はてっきりこの子が合法ロリだとばかり思っていた。

しかしそれらは彼女の表層でしかなく、彼女の本質に近い部分は想像以上に幼かった。

好きな人に対して少し意識しただけで倒れそうになる『うぶ』なところや、幽霊を露骨に怖がる一面も幼いと言えるだろう。

「結局、誰なのか分からなかったなぁ……」

四人とも知れば知るほどに分からなくなるような、たくさんの魅力を秘めている女の子だったのだ。

誰もが怪しく、誰もが決定的とは言い難い……ものの見事に俺は彼女たちに翻弄されていたのだ。

四人のうち三人は本物の小学生。そして一人は俺と同い年の高校生。しかし合法ロリを自称しているのは四人全員ときた。

あと……もう一つ俺を惑わしている要素は、合法ロリの子があまり積極的にアピールしてくれないことである。

「やっぱり、梨恵ちゃんの言う通りなのかな」

野球を終えて、ベンチで休んでいる時に彼女はこんなことを言った。

『合法ロリだからという理由で選ばれた子は、それで嬉しいと思えるかしら？　きっとその子は、合法ロリとか関係なくりっくんに選ばれたいと思っているわ』

そう考えるなら合法ロリの子があまり露骨にアピールしないのも納得できる。あくまで平等に、合法ロリとか関係なく、一人の女の子として選ばれたいという無言の宣言なのだろうか。

だとしたらそれは、とても難しいことだった。

「……小学生の子とは、結婚できない」

やっぱり小学生は俺にとって幼すぎる。それに、もし小学生を許嫁にしてしまったら、徳田院の当主になれなくなるのだ。

そうなると他の子たちがじいさんに利用される可能性があった。

彼女たちの気持ちは嬉しいし、尊重したい。だけど俺は絶対に当主にならなければならない。そのためには合法ロリの子を許嫁にする必要がある。なのに合法ロリの子はそんな理由で選ばれたくないという。

相反するそれぞれの思いが、試練をより複雑なものにしていた。

「足りない……」

時間があまりにも足りないと、そう思った。

たった一週間では四人のことを知ることもできなかったのである。こんな状態では彼女たちの気持ちに応えるなんてとても不誠実で、納得できない。

加えて、この試練で本物ロリを許嫁にした場合、俺は教師になれなくなる。立派な教師になるという夢も叶えられなくなる。

俺は教職に就いていた亡き両親の意思を後世につなぎたかった。生半可な理解で夢を諦めるようなことはしたくない。

だから、時間がほしい。

時間があればより良い解答も見つかるかもしれなかった。俺が夢を諦めずにいられて、かつ彼女たちがじいさんに利用されず、そしてみんなが納得できるような解答があるかもしれない。

それを探すためにはたくさんの時間が必要だと感じたのである。

彼女たちのこともいっぱい知りたかった。たった一週間では理解できないくらいの魅力が彼女たちにはあるのだから。

もっと一緒に時間を過ごしたい。一週間ではまったく足りないのだ。

「……そもそも、一週間である必要はあるのか？」

教育実習の期間は一年もある。加えて、俺が結婚できる十八歳になるのは一年以上も先だ。それなのに一週間というのは短すぎるだろう。

「どうにか、延長できないかな……」

選択の期限をもっと遅らせてほしかった。そのためにはじいさんを納得させる言い分が必要だ。重箱の隅をつつくような理由でもいい。

言葉の揚げ足を取ってでも、じいさんを説き伏せることができたら……っ！

それなら、もっともっと四人と楽しい時間が過ごせるかもしれない。

この一週間は毎日が楽しかった。可能であれば、試練とか関係なしに……彼女たちと楽しい毎日を送りたい。彼女たちの未来が見たい。そばで、応援してあげたい。

そのための方便が必要だった。

「うーん……」

そこまで考えて思考は停滞した。これといってじいさんを説得できるだけの言葉が思いつかなかったのだ。

眠れないまま時間が流れていく。深夜十二時を回っても、俺はぼんやりと考え続けていた。ちょうどそんな時である。

「……利孝っ」

震える声が聞こえた。視線を向けると、そこには俺の洋服を引っ張る葛葉ちゃんがいた。

「起きておるか？」

「うん、どうしたの？」

俺が起きていることにほっとしたのか、彼女は安堵したように息を零す。

それから恥ずかしそうにもじもじとしながら、ぽつりと一言。

「と……トイレ……」

そういえば寝る前から怖がっていた。もしかしたら行きたくても行けなかったのかもしれない。

「分かった。一緒に行こっか」

目も冴えているし断る理由はなかった。俺を枕にする他の三人を起こさないよう動かして、ゆっくりとベッドから降りる。

葛葉ちゃんも同様に立ち上がってから二人で静かに保健室を出た。

「うぅ、暗すぎじゃろう……」

片手にカミラちゃんの抱き枕。片手に俺の洋服を掴みながら、葛葉ちゃんはびくびくと歩く。

確かに灯りの少ない学校は不気味な雰囲気があった。廊下には非常灯しかついておらず、それが恐怖心を刺激する。俺は平気だけど、葛葉ちゃんが怖がる理由も分かる。

「利孝……お願いじゃから、どこにも行かないでくれ。頼む、何があってもそこにいてほしいのじゃ。でないと、わしは漏らすからな？」

トイレに到着しても葛葉ちゃんは怖がっていた。

「漏らすって……いや、大丈夫だよ。ずっと入口にいるから」

「な、なんならついてきても良い気がするのじゃ。それくらい怖い」

「さすがにそれは……ほら、電気も点いてるし安心して」

そう言ってあげると、葛葉ちゃんは意を決したように強く頷く。

「利孝がそう言うなら、信じるのじゃ。ほれ、カミラたんも任せたぞ？」

抱えていた抱き枕を押し付けて葛葉ちゃんはトイレの中へと入っていった。

さて、待つとしよう。

「……ふぅ」

一人きりになると、やっぱり脳裏を埋め尽くすのは試練のことである。明日までにどうにかじいさんを言いくるめられるような方便を見つけたかった。

「えっと、『ここに一人、合法ロリがいる』って言ってたよな……？」

学園長室でじいさんは確かにこう言っていた。

部屋の中にいたのは俺とじいさんに加えて、許嫁候補であるルナちゃん、みるくちゃん、梨恵ちゃん、葛葉ちゃん……って、あれ？

そういえば。

「……カミラちゃん？」

まじまじと抱き枕を眺めてみる。この抱き枕、あの時も葛葉ちゃんが抱いていた覚えがあった。間違いない。インパクトが強くてしっかりと覚えている。

「吸血鬼で、闇の眷属」

カミラちゃんの情報をゆっくりと思い出していく。

「そして……」

そこまで口にした瞬間、脳内で雷に打たれたような衝撃が奔った。

「――っ」

垣間見えた一筋の光明に俺の手は震えていた。

いける……これなら、いける！

思いついたアイディアに胸が高鳴った。

これは幼稚で稚拙な言い逃れにすぎないだろう。しかし、それでいい。じいさんの盲点を突けさえすれば、あとは気合である。

「よしっ」

ようやく覚悟が決まった。表情を引き締めて明日のシミュレーションを繰り返す。

葛葉ちゃんをトイレから連れ帰っても、眠らずにずっと思案を続けた。

じいさんを納得させられるかもしれない答えが、ようやく見つかったのだ。

そしてその時が訪れる——。

第九話　合法ロリは、この子だ！

「とうとうこの日が訪れたな」

学園長室にて、俺は育ての親である徳田院大五郎（とくだいんだいごろう）と顔を合わせていた。

「日曜日、正午となった……試練の期限である」

試練開始から七日目。つまり一週間が経（た）ったこの日が期限である。

「貴様が我が徳田院家の後継者に相応（ふさわ）しいか否か、今日決まる」

加えて、俺の夢が叶（かな）えられるかどうかも。

試練に失敗した場合は教師になるという夢が叶えられなくなるのだ。

「娘たちよ、一週間ご苦労だったな……後悔はないか？」

じいさんの問いかけに、彼女たちはしっかりと頷（うなず）いていた。ルナちゃん、みるくちゃん、梨恵（りえ）ちゃん、葛葉ちゃんの四人も俺と一緒に学園長室を訪れている。

さすがにこの瞬間はみんな緊張しているようだった。朝から口数も少なく、ここに来るまであまり会話もできなかった。

「そうか。では、問おう」

　そう言ってじいさんは四人から目を離して俺をまっすぐに見つめてきた。試すように、からかうように、面白がるように、じいさんは問いかける。

「利孝。貴様は誰を、許嫁にする？」

　この時がきてしまった。答えによって俺の未来が決定する。

　選んだ相手が合法ロリであれば、徳田院の後継者として教師になる夢も叶えることができるだろう。

　反対に、選んだ相手が本物ロリであれば、徳田院の力で潰されて教師になる夢を叶えることができなくなるだろう。

「さぁ、選べ」

　いよいよ解答の瞬間が訪れた。

　でも、誰を選んだところで、俺はきっと後悔する。生半可な理解で俺と彼女たちの人生を決定するのは、断じて許せることではなかった。

　それに、こんな半端な理解で彼女たちの思いに応えたくなかった。

「…………」

　深呼吸して気持ちを落ち着ける。覚悟は決まっていた。あとは、実行するだけだった。

「俺が選んだのは——この子です」

そして俺は、彼女を指さした。方向として一番近いのは葛葉ちゃんだろう。

しかし俺の指がまっすぐに向いていたのは、

「――カミラちゃんを、俺は許嫁にします！」

抱き枕のカミラちゃんだった。


「「「「…………は？」」」」


その時、場に困惑が広がった。許嫁候補の四人はぽかんと口を開けて俺を見ていた。

唯一平然としているのは、小馬鹿にするような薄笑いを崩さないじいさんだけである。

「ほう？　抱き枕を貴様は選ぶと言っているのか？」

ここからだ。

ここから、じいさんを納得させるだけの理由を提示する必要があるだろう。

賽は投げられた。後戻りはできない。

だから、突き進むだけだ。

「抱き枕ではありません。吸血鬼のカミラちゃんです」

白々しくそう言って俺はしっかりとじいさんの視線を受け止める。

「カミラちゃんはじいさんの指定した『この場』にいました。しかも年齢は千歳を超えている……合法ロリです！　この子を許嫁にして、俺は徳田院家の当主になります」

あまり余計な口を挟ませないように言葉を一気にまくし立てた。

そう。俺が許嫁として選んだのは、四人ではない他の選択肢。一週間前にたまたまこの場に居合わせたカミラちゃん（抱き枕）である。

一応、じいさんは『四人から選べ』なんて一言も発していない。他にも『同い年の子がいる』と言っていたが、その子を選べとも聞いた覚えはない。試練を突破するためには『合法ロリを許嫁にする』だけでいいのだ。

だからこそ俺はカミラちゃんを選んだ。

葛葉ちゃん風に言うならば。

「カミラちゃんを俺の嫁にしたいと思います！」

力強く言葉を紡ぐ。俺の態度から、じいさんは発言が本気であることを理解しているのだろう。表情から、一瞬だけ揶揄が消えた。

「その言い分が通ると思っているのか？」

失望したような、怒っているような、哀れむような、そんな顔である。

怖い。怯みそうになったが、ここで気後れしては何も意味はない。大切なのは気合いだ。臆さない勇気こそが必要だった。

「ええ。俺は『合法ロリを許嫁にする』という試練を突破しました」

「……儂がそれを認めないと言ったら？」

「その時は全力で抵抗します」

俺にやましいことは一切ない。じいさんが認めなかったらそれまでだろう。

でもその時は抗うと決めていた。

「理不尽だとあなたを糾弾して徹底的に敵対します。教職に就けずとも彼女たちを守るためにどんな手でも使います」

俺が誰も選ばなければ、四人はじいさんによってまた利用されるかもしれない。

親の都合で許嫁を決定するなんて時代錯誤もいいところだ。それをさせないためなら、俺はなんだってやる。

「夢を叶えられずとも、彼女たちを守れるのなら……その覚悟はできています」

そこまで言って俺は葛葉ちゃんに歩み寄り、カミラちゃんを借りた。

「少し、借りるね？」

未だにぽかんとする彼女たちを見ることは、後ろめたさがあってできなかった。

ごめんね、後でたくさん謝るから。

「再度お伝えします。俺が許嫁に選んだのは、カミラちゃんです」

改めてじいさんに向き直って、抱き枕を見せつける。

伝えたいことは全部言い切った。これ以上、訴えかけられるだけの言葉を俺は持っていない。あとはじいさん次第だ。

この人が認めないのならどうしようもない。その場合は徹底抗戦である。

「…………なるほど、そうくるか」

俺の言葉に、じいさんは目を閉じて何かに耐えるように震えていた。

そして——。


「フハハハハ！　まったく、貴様は本当に面白い奴だ!!」


じいさんは、笑った。

「ああ、確かに儂の言葉足らずであった。試練の内容に不備があったのは認めよう。ともすれば言いがかりにしか聞こえなくもないが、字面だけで見ると『合法ロリを許嫁にしている』貴様は、試練を達成していると言えよう。たとえ抱き枕だとしてもな」

しかし、とじいさんは首を振る。

「とはいえ、そんなとんち話のような解答、貴様でなければ認めることはなかっただろう。よもや儂に対して脅しをかけてくるとは……面白い」

「脅し？　なんのことですか？」

俺はただ、認めなかったら抗うとしか言っていない。だというのに、じいさんはそれこそが脅迫なのだと言っていた。

「自覚はないのか？　貴様に徹底抗戦されては、我が徳田院に甚大な被害が出る……本来なら得ていたはずの富が、貴様によって絶対に阻害されていただろう」

じいさんは俺以上に俺のことを認めているようだった。

「貴様は自己評価が低いが、儂は正当に評価している。貴様は儂にとって危険な人間だ」

「ど、どこがですか？」

「『利益』ではなく『心』で動くところだ……それがとても、恐ろしい」

信じられないことにじいさんは俺を怖がっているらしい。

「儂は人の欲につけ込むことが得意でな……徳田院をここまで引っ張ってきた実績もある。しかし人望はない。恨まれるようなことしかできなかったからだ」

ずっと不思議だった、じいさんの俺に対する高評価。その理由を初めて知った。

「多くの人間を見てきたから分かる……貴様のような人間は『人徳』を宿す。何もせずとも周囲に人が集まるだろう。貴様であればすぐに儂に敵対できるだけの戦力を集められるはずだ……まったく、羨ましい限りである」

「……そんなことないと思いますけど」

「白々しい男だな。やはり潰しておきたかったものである……貴様は『心』で動く故、自身が納得すれば潔く身を引く。もし本物の小学生を許嫁に選んでいたら、その時は敵対せずにいてくれただろうに……思惑通りにはいかないものだ」

　言われてみると確かに、本物ロリを選んで潰される場合は反抗しようなんて思いもしなかった。たぶん、仕方ないと自分で納得していたかもしれない。

「やれやれ……貴様には『切り捨てる』ことを学んでほしかったのだがな。その生き方は苦労するぞ」

　ため息をつきながらじいさんは試練の解説を続ける。

「一週間にしたのも、長く一緒に過ごしては情が湧くだろうという、せめてもの親心だったのだがな」

　気になっていた『一週間』という期限の理由がこれのようだ。

「せっかく記憶を失っている今だからこそ、痛みなく切り捨てることができただろうに」

　短い期限を設定したのは、そういう理由があったからのようだった。

　一人を選べば、三人を切り捨てることになる。でもそれは人生に必要なことだとじいさんは言っているのだろうか。

「それなら俺は、しっかりと苦しみたいです。切り捨てる、という表現は好きじゃないですけど……行為に伴う相応の痛みを味わいたいです」

　本心を口にすると、じいさんは仕方ないと言わんばかりに肩をすくめた。

「それが貴様の意思であれば、何も言うまい。その言い分は認めよう……儂(わし)もそろそろ年だ。若い芽に全てを託すのも悪くはないか」

どうにか肯定の言葉をもぎとれたみたいだ。

「その実直さは貴様の力だ。利孝(りこう)よ、強い心で徳田院(とくだいん)を導くが良い」

「っ……ありがとうございます」

「試練は突破ということに――」

でも、俺の解答を受け入れられないのは、じいさんではなく。


「そんなの納得できないよ！」


当事者である彼女たちの方だった。

さっきまでは呆然(ぼうぜん)としていたがどうやら回復したらしい。声を上げた方向に目を向けると、そこには頬(ほお)を膨らませているみるくちゃんがいた。

梨恵(りえ)ちゃんと葛葉(くずは)ちゃんも同様の表情である。唯一ルナちゃんだけは不思議そうに首を傾(かし)げていた。

「おじいちゃん、わたしは二次元に負けたなんて認められないです!!」

じいさんに詰め寄るみるくちゃん。

「同意だわ。その抱き枕よりも、私の方が絶対にりっくんを幸せにできるもの」

同じように訴えかける梨恵ちゃん。

「ば、ばかっ。カミラたんはわしの嫁じゃし、利孝のお嫁さんはわしがなるのじゃっ」

俺から涙目で抱き枕を奪う葛葉ちゃん。

「せんせぇ？　枕とは結婚できないよー？」

俺の洋服を引っ張って、きょとんとしているルナちゃん。

……正論である。ぐうの音も出ないので申し訳ないけど返事はしないでおくことに。

とにかく、俺の解答は彼女たちが受け入れられるものではない。俺がいくら嫁と言い張ろうと、彼女たちからしたらただの枕なのだ。

うん……やっぱり彼女たちは反抗してくれた。

「……そうか。利孝、貴様の本当の目的はこれなのか」

ここに至って、じいさんは俺の思惑に感づいたのか苦々しく呟いた。

「誰も選んでないように見せかけて、全員を選んだのかっ」

その通りだった。カミラちゃんを嫁と言い張ったのは方便である。

本来の目的は、もっと別にある。

「おじいちゃん！」

「む、待て……分かった。少し落ち着け」

子供たちに詰め寄られてじいさんは少し気後れしているようだった。俺に対するように強く出ることはできないみたいである。

この人はなんだかんだ娘をかわいがっている。利用する非情なところもあるが、血の通っている人間だ。親心というものは捨てきれていない。

だから娘の言葉には弱いかもしれないと、俺は思っていた。四人の言葉にじいさんはしどろもどろに言いよどんでいた。

「確かに……利孝がどう言い張ろうとそれは抱き枕であり、結婚はできない。更には徳田院の当主になるためには結婚していなければならないというしきたりがある」

その通りだ。じいさんは認めても他の一族は絶対に認めないだろう。それ以前に試練に参加した彼女たちだって受け入れられない。

「加えて、貴様は徳田院の家訓である『教え子の真の姿を見抜く』を達成したと言い難い。次期当主として認めるのは、少し違和感が残る」

俺は言い逃れただけで、少し考えれば問題はたくさんあるのだ。

俺の言い分。

四人の言い分。

全てを考慮して、じいさんが下す決断は——一つだ。

「故に……試練を延長するしかあるまい」

達成でも失敗でもない。延長をじいさんは認めてくれた。

これこそが俺の求めていた言葉だった。

たった一週間じゃ足りない。もっともっと、彼女たちのことを知る時間がほしかった。

どうにかもぎとることができて、本当に良かったと思う。

「やれやれ、隠居はもう少し先になりそうだな」

「……ありがとうございます」

深々と頭を下げるとじいさんは笑ってくれた。

「次は人間の中からしっかり選べ。この子たちが小学校を卒業するまでに、な」

「もちろんです」

「やれやれ、子のわがままを聞くのも親の役目か……息子よ、しっかりと悩めよ」

ここに至ってまだいやみったらしいじいさんに、俺もまたいやみを返してやるのだった。

「はい、父上。がんばります」

こうして波乱の一週間が終わった。本当にあっという間の毎日は、とても充実していて
……それでいて、物足りないものだった。

これからはじっくり彼女たちと過ごそう。そうしたらもっと、四人のことをよく知れるはず。自ずと合法ロリが誰かも判別できるだろう。

そして、彼女たちの『好き』という気持ちに、しっかり応えてあげたかった。

鳴海（なるみ）ルナちゃん。
水無瀬（みなせ）みるくちゃん。
入江梨恵（いりえりえ）ちゃん。
辻葛葉（つじくずは）ちゃん。

四人との時間は、まだまだ続く――。

『合法ロリを探して許嫁にせよ』

徳田院の後継者試練を俺はどうにか突破した。達成と言えないところは残念だが、それでも結果には満足している。

じいさんは試練の延長を許可してくれた。つまり、これからもあの子たちと一緒に過ごせるということだ。

いつかまた選択の時が訪れるだろう。

誰が小学生か分からない現状では、彼女たちの好意に対して応えることもできない。

これからも合法ロリ探しは続いていく。でも、焦らなくていいのだ。ゆっくりと彼女たちのことを理解していこうと思っていた。

そのためにまずは、彼女たちに謝るところから始めるとしよう。

「そりゃあ……やっぱり、怒るよな」

自宅の部屋にて、俺はため息をつく。

少し前に学園から戻ってきていた。あれから……じいさんが試練の延長を許してくれた後、すぐに解散となった。

本当は四人と話したかったのだが、残念ながら彼女たちはすぐに帰ってしまった。俺も一之瀬（いちのせ）先生に挨拶だけして帰ることにしたのである。

やはり、あの子たちは抱き枕を許嫁に選んだことに対して不満だったようだ。誰も目を合わせてくれなかった。

「仲直りしないと」

せっかく時間を気にしなくて良くなったのだ。仲良くお付き合いして一緒に楽しい時間を過ごせるように努力しようと思った。

明日は月曜日。学校に来た彼女たちにしっかりと謝ろう。

そんなことを考えていたのだが。

「せんせぇ？　ルナ、ねむい」

最初は幻聴かと錯覚した。彼女たちのことを考えていたから声が聞こえたのだと思った。

「んっ。おふとん、はっけん」

しかし聞こえた声は幻聴ではなかった。ゆっくりな口調で言葉を発していたのは、鳴海（なるみ）ルナちゃん。

彼女は部屋の入口から俺の部屋を眺めていた。

「ルナちゃん!?　なんで、ここに」

「……？　ルナ、せんせぇに会いたかったの」

「いや、それは嬉しいんだけど」

求めている答えではなかった。どうして俺の屋敷にいるのか、という理由を知りたかったのである。

その答えは代わりに彼女が教えてくれた。

「試練、延長になったじゃろう？　じじいの計らいで、わしらも利孝の屋敷で生活することになったのじゃ」

扉から顔を覗かせたのは、辻葛葉ちゃん。彼女は抱き枕のカミラちゃんを引きずって部屋に入ってきた。

「ええ!?　い、一緒に暮らすってこと？」

「そのようじゃな」

俺は現在、徳田院の別邸を借りて生活していた。中学生までは当主であるじいさんと一緒に本邸で生活していたが、高校入学を機に別の邸宅の主として生活させてもらっている。

お手伝いさんもいるし充実した生活を送っていた。

聞くところによると彼女たち——じいさんの養子であるルナちゃん、みるくちゃん、梨恵ちゃん、葛葉ちゃんも俺と同様に別邸で暮らしているとのことだった。

しかし今日からは一緒に生活することになるらしい……、まぁ、部屋は余っているし、住むことに関しては問題ないと思う。

とはいえ、急なことでびっくりしていた。

「ふんっ」

葛葉ちゃんはルナちゃんと一緒に俺のベッドに上がって、抱き枕のカミラちゃんを放り投げた。

「これ、引っ越し祝いじゃ。くれてやる」

「……お嫁さんじゃなかったの？」

「り、利孝が嫁とか言うから、嫉妬して愛せなくなったのじゃ。貴様が大切にすればいいじゃろ、ばかっ。わしはまた別の嫁を探す！」

ふてくされたようにそう言って、葛葉ちゃんは俺のベッドにもぐりこんだ。

「せんせぇのおふとん、いいにおい……」

ルナちゃんも葛葉ちゃんの隣にもぐりこんでいた。

「二人がいるってことは、つまり」

残りの二人もいるはず。少し待っていると、あの二人……みるくちゃんと梨恵ちゃんがやって来た。

「りっくん、これからよろしくお願いするわ」

　二人は荷物を部屋に置いていて少し遅れていたらしい。

「あ、うん。よろしく」

　反射的に頷(うなず)くと梨恵(りえ)ちゃんは俺の手を取って微笑(ほほえ)んだ。

「それと、一つ大切な話をするわ」

「な、なに？」

「あのね、枕は人じゃないのよ？　結婚は難しいというか、不可能だわ。せめて人間のお嫁さんを選んだ方が、りっくんのためになると思うの」

　優しく諭すような声。方便とはいえ、枕を許嫁(いいなずけ)にするという俺の発言に彼女は心配していたようだ。

「……はい。ごめんなさい」

　俺は頷くことしかできなかった。

「分かってくれたならいいのよ。ふふっ……あなたと一緒に生活できるなんて、嬉(うれ)しいわ」

「本当だよねっ。わたしも嬉しい」

　梨恵ちゃんの隣から、みるくちゃんが同意しながら俺に近づいてくる。彼女はどこか威圧感のある笑顔を浮かべていた。

「お兄ちゃん。わたしたち、抱き枕になんて負けるつもりないからね？」

　どことなくむきになっているように見えなくもない。

「ご、ごめん」

「にゃはっ。なんで謝ってるの？　別に怒ってなんかないもん」

気圧される俺にみるくちゃんは容赦なく詰め寄ってきた。

「でもね、とっても悔しかったの。まだまだ、足りないんだなって思った」

そして彼女は、こんなことを言う。

「お兄ちゃんに、わたしたちの魅力をもっと教えてあげる！」

その言葉に、頬が緩んだ。無邪気で一途な思いに胸が温かくなった。

「これからは抱き枕なんて選べないくらい、いっぱいわたしたちのことを知ってもらうんだからっ」

「うん……俺も、みんなのこと知りたい」

魅力的な彼女たちのことを……もっと知りたいと、改めてそう思った。

「せんせぇ、だいすきっ。ルナたちのこと、いっぱいよろしくおねがいします」

「りっくん、これからは楽しい時間を過ごしましょう。大丈夫、私たちの見た目は幼いけれど、気にしなくてもいいわ」

「じゃ、じゃが、あまりドキドキはさせないでほしいのじゃ……わしが死ぬからのう。でもな、利孝(りこう)よ。子ども扱いされるのも、少し困るのじゃ」

「えへへっ。お兄ちゃん、わたしたちのことをもっと好きになってよ？　遠慮しないでもいいからねっ！」

四人の言葉に、俺は笑顔を返す。

こんなにかわいい子たちと生活を共にするのだ。きっと、賑(にぎ)やかな毎日が待っているだろう。

そう思うと、これからが楽しみでしょうがなかった——。

「「「わたしたち、みーんな16さいだよっ？」」」

（了）

せんせーのおよめさんになりたい
おんなのこは
み～んな16さいだよっ？

あとがき

この本を手に取っていただき、誠にありがとうございます。作者のさくらいたろうと申します。

本作は幼女の中から合法ロリを探すという建前で、ヒロインとひたすらイチャイチャする作品になっております。少しでも楽しんでいただけたらとても嬉しいです。

この作品は第13回MF文庫Jライトノベル新人賞で佳作をいただきました。もともとは『幼女探し』というタイトルでした。

応募原稿段階から一年以上にも及ぶ全面改稿を経てどうにか出版することができました。未熟ながらに、見放さないでくれた編集様には感謝の言葉しかありません。

小学生の頃、卒業文集に書いた将来の夢は『小説家になること』でした。当時は図書館のファンタジー小説が大好きで、漠然と『小説家も面白いかなー？』と思ってただ書いただけですが、まさか実現できるとは思っていなかったので自分でも驚いております。

そして、まさか幼女がヒロインの作品を書くことになるなんて、こちらは夢にも思いませんでした。人間ってどう成長するか分からないものですね。

以下、謝辞となります。

担当編集様、私の実力不足で色々とお手数おかけして申し訳ありません。ご指摘、とても勉強になっております。今後とも精進して参ります。

イラストのもきゅ様。素敵な幼女のイラスト、本当にありがとうございます。かわいいイラストがとても励みになっております。

新人賞審査員の方々。未熟な作品ながら、読んでいただきありがとうございます。いただいたコメントは大切にしたいと思います。

その他、本作の製作に携わった全ての方々にも、厚く御礼申し上げます。

そして何より、この本を読んでくださった読者様には、深く感謝をお伝えさせていただきます。少しでも還元できるように、頑張って執筆して参ります。

本当にありがとうございました。

さくらいたろう

MF文庫J

せんせーのおよめさんになりたいおんなのこはみーんな16さいだよっ?

2017年11月25日　初版第一刷発行

著者　さくらいたろう

発行者　三坂泰二

発行　株式会社KADOKAWA
〒102-8177 東京都千代田区富士見2-13-3
0570-002-001（ナビダイヤル）

印刷・製本　株式会社廣済堂

Printed in Japan　ISBN 978-4-04-069552-5 C0193

この作品は、第13回MF文庫Jライトノベル新人賞〈佳作〉受賞作品「幼女探し」を改稿・改題したものです。

【 ファンレター、作品のご感想をお待ちしています 】
〒102-0071 東京都千代田区富士見2-13-12
株式会社KADOKAWA　MF文庫J編集部気付「さくらいたろう先生」係　「もきゅ先生」係